შრედინგერის კატა
პოეზიის კვანტური სამყარო

Translated to Georgian from the English version of
Schrödinger's Cat

Devajit Bhuyan

Ukiyoto Publishing

ყველა გლობალური გამოცემის უფლებას ფლობს

უკიიოტო გამომცემლობა

გამოქვეყნებულია **2023** წელს

შინაარსი Copyright © Devajit Bhuyan

ISBN 9789360160098

ყველა უფლება დაცულია.

ამ პუბლიკაციის არც ერთი ნაწილის რეპროდუცირება, გადაცემა ან შენახვა არ შეიძლება რაიმე ფორმით, ელექტრონული, მექანიკური, ფოტოკოპირებით, ჩანაწერით ან სხვა გზით, გამომცემლის წინასწარი ნებართვის გარეშე.

დამტკიცდა ავტორის მორალური უფლებები.

ეს წიგნი იყიდება იმ პირობით, რომ იგი არ უნდა იყოს გასესხებული, ხელახალი გაყიდვა, დაქირავება ან სხვაგვარად გავრცელება, გამომცემლის წინასწარი თანხმობის გარეშე, რაიმე სახის სავალდებულო ან ყდაზე, გარდა იმისა, რომელზედაც ის არის. გამოქვეყნდა.

www.ukiyoto.com

ეძღვნება ერვინ შროდინგერს, მაქს პლანკს და ვერნერ ჰაიზენბერგს, კვანტური ფიზიკის სამ მუშკეტერს

შინაარსი

შრედინგერის კატა	1
ენტროპია მოკლავს	2
მატერიის ენერგიის ორმაგობა	3
პარალელური სამყაროები	4
დამკვირვებლის მნიშვნელობა	5
ხელოვნური ინტელექტი	6
არ დაარღვიოთ დროის განზომილება	7
Ერთხელ	8
ღმერთის განტოლება	10
ფილოსოფოსთა დებატები	12
მე ვაგრძელებ და გავაგრძელებ	13
ღმერთის და ფიზიკის თამაში	15
ერთხელ იყო მანქანა, რომელსაც ტელექსი ერქვა	16
ჩემი გონება	18
თუ მულტივერსია მართალია	19
ხახუნი	21
რაც ვიცით, არაფერია	23
ჭეშმარიტების კარგი დღეები მოდის	24
დიფერენციაცია და ინტეგრაცია	25

Eagle In Starvation	26
როგორც ჩვენ ვიზრდებით	28
დაივიწყეთ ხელნაკეთი განყოფილება	30
Cloud Computing-მა ის უბილავი გახადა	31
ჩვენ ვირტუალური ვართ	32
სიცოცხლის ცნობიერება	34
კატა გამოვიდა ცოცხალი	36
დიდი ბარიერი	37
ცხოვრება არ არის ვარდების საწოლი, მაგრამ არის მზე	38
უზენაესი ცხოველი	39
ო" მეცნიერებო, ძვირფასო მეცნიერებო	41
ადამიანის ემოციები და კვანტური ფიზიკა	43
რა მოუვა ორიგინალობასა და ცნობიერებას?	44
როდესაც სრულდება სამყაროს გაფართოება	45
ხელახალი ინჟინერია	46
ჰიგსის ბოზონი, ღმერთის ნაწილაკი	47
მოხუცი და კვანტური ჩახლართულობა	48
რას გააკეთებს ხალხი?	49
სივრცე-დრო	50
არასტაბილური სამყარო	51
ფარდობითობა	52

რა დროა	53
დიდი ფიქრი	54
ბუნებამ ფასი გადაიხადა საკუთარი ევოლუციის პროცესისთვის	55
დედამიწის დღე	56
წიგნის მსოფლიო დღე	57
მოდით ვიყოთ ბედნიერები გარდამავალ პერიოდში	58
დამკვირვებელი მნიშვნელოვანია	60
საკმარისი დრო	61
მარტოობა ყოველთვის ცუდი არ არის	62
მე ხელოვნური ინტელექტის წინააღმდეგ	63
ეთიკური კითხვა	64
მე არ ვიცი	65
მე ვიცი, მე ვიცავი საუკეთესო ვირთხების რბოლაში	66
შექმენი შენი მომავალი	67
უგულებელყოფილი ზომები	68
ჩვენ გვახსოვს	69
თავისუფალი ნება	70
ხვალინდელი დღე მხოლოდ იმედია	71
დაბადება და სიკვდილი მოვლენათა ჰორიზონტზე	72
საზოლოო თამაში	73

დრო, იდუმალი ილუზია	74
ღმერთი არ ეწინააღმდეგება თვით ნებას	75
კარგი და ცუდი	77
ხალხი აფასებს მხოლოდ რამდენიმე კატეგორიას	79
ტექნოლოგია უკეთესი ხვალინდელი დღისთვის	80
ხელოვნური და ბუნებრივი ინტელექტის შერწყმა	82
სხვა პლანეტაზე	84
დესტრუქციული ინსტინქტი	86
მსუქანი ხალხი ახალგაზრდა კვდება	87
Multitasking არ არის განკურნება	88
უკვდავი კაცი	89
უცნაური განზომილება	91
ცხოვრება უწყვეტი ბრძოლაა	92
იფრინეთ მაღლა და მაღლა, იგრძნით რეალობა	93
გაუმკლავდეს ცხოვრებაში	94
ჩვენ მხოლოდ ატომების გროვა ვართ?	95
დრო არის დაშლა ან პროგრესი არსებობის გარეშე	96
ფარაონები	97
მარტოხელა პლანეტა	98
რატომ გვჭირდება ომი?	99
უარი თქვით მუდმივ მსოფლიო მშვიდობაზე	100

დაკარგული რგოლი 101

ღმერთის განტოლება არ არის საკმარისი 102

ქალთა თანასწორობა 103

უსასრულობა 104

ირმის ნახტომის მიღმა 105

იყავი ბედნიერი ნუგეშის პრიზით და გააგრძელე 106

Covid19-ის დამაგრება ვერ მოხერხდა 107

ნუ იქნებით ლარიბი აზროვნებით 108

იფიქრე დიდად და უბრალოდ გააკეთე ეს 109

მარტო ტვინი არ არის საკმარისი 110

დათვლა და მათემატიკა 111

მეხსიერება არ არის საკმარისი 112

რაც მეტს გასცემთ, მეტს შიიღებთ 113

გაუშვით და დავიწყება თანაბრად მნიშვნელოვანია 114

კვანტური ალბათობა 115

ელექტრონი 116

ნეიტრინო 117

ღმერთი ცუდი მენეჯერია 118

ფიზიკა არის ინჟინერიის მამა 119

ხალხის ცოდნა ატომების შესახებ 120

არასტაბილური ელექტრონი 121

ფუნდამენტური ძალები	122
ჰომო საპიენსის დანიშნულება	123
სანამ დაკარგული ბმული	124
ადამი და ევა	125
წარმოსახვითი რიცხვები რთულია	126
საპირისპირო დათვლა	127
ყველა იწყება ნულით	128
ეთიკური კითხვები	129
ოლ-სინ-ტან-კოს	130
ცეცხლის ძალა	132
ღამე და დღე	133
თავისუფალი ნება და საბოლოო შედეგი	134
კვანტური ალბათობა	135
სიკვდილიანობა და უკვდავება	136
შეშლილი გოგონა გზაჯვარედინზე	138
ატომი მოლეკულების წინაალმდეგ	140
მოდით მივიდოთ ახალი რეზოლუცია	141
ფერმი-დირაკის სტატისტიკა	142
არაადამიანური მენტალიტეტი	143
საქმის პროცესი	144
განისვენე მშვიდად (RIP)	145

სულები რეალურია თუ წარმოსახვა?	146
სულები რეალურია თუ წარმოსახვა?	147
ყველა სული ერთი და იგივე პაკეტის ნაწილია?	148
ბირთვი	149
ფიზიკის მიღმა	151
მეცნიერება და რელიგია	152
რელიგიები და მრავალ სამყარო	153
მეცნიერებისა და მრავალ სამყაროს მომავალი	155
თაფლის ფუტკრები	157
იგივე შედეგი	158
რაღაც და არაფერი	159
პოეზია საუკეთესოდ	161
შენი თმის გათეთრება	162
არასტაბილური ადამიანი	163
დაე, პოეზია იყოს ჭარტივი, როგორც ფიზიკა	164
მაქს პლანკი დიდი	166
დამკვირვებლის მნიშვნელობა	167
ჩვენ არ ვიცით	169
რაც ჩნდება	170
ეთერი	172
დამოუკიდებლობა არ არის აბსოლუტური	173

იძულებითი ევოლუცია, რა მოხდება?	175
მოკვდი ახალგაზრდა	177
დეტერმინიზმი, შემთხვევითობა და თავისუფალი ნება	179
პრობლემები	181
სიცოცხლეს სჭირდება პატარა ნაწილაკები	183
ტკივილი და სიამოვნება	185
ფიზიკის თეორია	187
რაც მოხდა, მოხდა	189
რატომ არის ემოციები სიმეტრიული?	191
ღრმა სიბნელეში ასევე ჩვენ მივდივართ	193
არსებობის თამაში	194
ბუნებრივი შერჩევა და ევოლუცია	196
ფიზიკა და დნმ კოდი	197
რა არის რეალობა?	199
მოწინააღმდეგე ძალები	201
დროის გაზომვა	203
არ დააკოპიროთ, წარმოადგინეთ საკუთარი ნაშრომი	205
ცხოვრების მიზანი არ არის მონოლითური	208
აქვთ თუ არა ხეებს დანიშნულება?	211
ძველი დარჩება ოქრო	213
გამოწვევა მომავლისთვის	216

სილამაზე და ფარდობითობა	218
დინამიური წონასწორობა	219
ვერავინ შემაჩერებს	221
მე არასოდეს მიცდია სრულყოფილება, მაგრამ ვცდილობდი გაუმჯობესება	222
მასწავლებელი	224
მოჩვენებითი სრულყოფილება	225
დაიცავით თქვენი ძირითადი ღირებულებები	226
სიკვდილის გამოგონება	228
თავდაჯერებულობა	230
ჩვენ უხეში დავრჩით	231
რატომ ვხდებით ქაოტური?	233
იცხოვრო თუ არ იცხოვრო?	235
უფრო დიდი სურათი	237
გააფართოვეთ თქვენი ჰორიზონტი	238
მე ვიცი.	240
ნუ ეძებთ მიზანს და მიზეზს	241
შეიყვარე ბუნება	242
თავისუფლად დაბადებული	244
ჩვენი სიცოცხლის ხანგრძლივობა ყოველთვის კარგია	247
მე არ ვწუხვარ	249

ადრე დასამინებლად და ადრე ადგომა	250
ცხოვრება მარტივი გახდა	252
ტალღის ფუნქციის ვიზუალიზაცია	253
ვა მილიარდი	255
მე	256
კომფორტი დამათროებელია	257
თავისუფალი ნება და მიზანი	258
ორი ტიპი	259
დავაფასოთ მეცნიერები	260
სიცოცხლე წყლისა და ჭანგბადის მიღმა	261
წყალი და მიწა	263
ფიზიკას აქვს ჰარმონია	265
მეცნიერება ბუნების სფეროში	267
განვითარებადი ჰიპოთეზა და კანონები	269
ავტორის შესახებ	271

შრედინგერის კატა

ჩვენ ვართ შავ ყუთში, რომელიც შემოსაზღვრულია სივრცით, დროით, მატერიით და ენერგიით

სივრცისა და დროის სფეროში ჩვენ დაკავებულები ვართ სინერგიისთვის კონვერტაციით

ასევე, ჩვენ ენერგიას გარდაქმნის მატერიად სხეულის ცხიმების დაგროვების გზით

მაგრამ შავი ყუთის საზღვრებში ჩვენი ცხოვრება მთავრდება და ყველაფერი ისვენებს

არავინ იცის, რა არის შავი ყუთის მიღმა ამ უსასრულო გალაქტიკებში

არ არსებობს ტექნოლოგია ფიზიკური გადამოწმებისთვის, რა არის სამყაროს ზღვარზე

საიდუმლოება შავი ყუთის მიღმა, უცნობი ძალაუფლება

ჩვენ შეგვიძლია გამოვიყვანოთ შროდინგერის კატა ყუთიდან

მაშინაც კი, პარადოქსიდან გასვლა ადვილი და მარტივი არ იქნება

ცხოვრების საბოლოო ჭეშმარიტების გასაგებად, ადამიანს ყოველთვის უჭირს.

ენტროპია მოკლავს

სამყაროს ენტროპია დღითიდღე იზრდება, მე ამას ვგრძნობ

მაგრამ ჩვენ არ გვაქვს რაიმე მანქანა ან მეთოდები შენელებისთვის

არც ფიზიკის კანონი გვაქვს, რომ გამოვიგონოთ მანქანა დარტყმისთვის

მხოლოდ სიმართლის ცოდნა საკმარისი არ არის, ჩვენ გვჭირდება გამოსავალი

ყოველ დღე ჩვენს თვალწინ ხდება არასასურველი ნგრევა

ენტროპიის გასაზრდელად, ყოველთვიურად იზრდება ადამიანის მოსახლეობა

ენტროპიის შეუქცევადი პროცესი შესაძლოა მალე მაქსიმალური გახდეს

კაცობრიობა და უზენაესი ცხოველი იძულებული გახდება მთვარეზე გადასახლდეს

არ დასცინოთ უფროს თაობებს, არა საკმარისად ჭკვიანი პლასტმასის გარეშე

ყოველ შემთხვევაში, ენტროპიის გაზრდის ფენომენი არ იყო რუსტიკული.

მატერიის ენერგიის ორმაგობა

მატერიისა და ენერგიის ორმაგობა მალიან მარტივია

ყოველ წამს მილიარდობით ვარსკვლავი აკეთებს ამას

გალაქტიკები არსებობენ როგორც მატერია

გალაქტიკების მატერია კი ენერგიად ქრება

მაგრამ მთელი მატერიისა და ენერგიის ჯამი არის ნული

მათ შორის ანტიმატერია და ბნელი ენერგია უცნობი გმირია

ყოველ წამს მატერიასთან და ენერგიასთან ვთამაშობთ

მაგრამ ჯერ კიდევ შორს არის მარტივი ტექნიკის გამოგონება

დროისა და სივრცის სფეროში ჩვენი არსებობა შეზღუდულია

დღე ჩვენ ვისწავლით მატერიისა და ენერგიის გარდაქმნის მარტივ ტექნოლოგიას

დროისა და სივრცის ბარიერები უსასრულოდ არ დარჩება

ღმერთი იქნება შრედინგერის ყუთში კატასთან ერთად

სამყაროს შეიძლება მართავენ ხელოვნური ინტელექტუალური რობოტები, რომლებსაც მფრინავი ღამურა ეწოდება.

პარალელური სამყაროები

რელიგია უხსოვარი დროიდან ამბობდა პარალელური სამყაროს არსებობის შესახებ

ფიზიკამ და სამეცნიერო საზოგადოებამ ეს წარმოსახვით და უცოდინრობად თქვა

როგორც ფიზიკა უფრო ღრმავდება და ვერ ხსნის ბევრ ბუნებრივ მოვლენას

ახლა ისინი ამბობენ, რომ ამის ახსნა, პარალელური სამყარო ახსნაა

მაგრამ ათასი წლის აზრს მეცნიერები არ აღიარებენ

ნაწილაკების ფიზიკა, თავად სუბატომიური ფიზიკა ფილოსოფიური აზრია

დადასტურებულია სამეცნიერო ექსპერიმენტებით, მხოლოდ ათწლეულების გავლის შემდეგ

თუმცა, სხვადასხვა ენობრივ ფორმატში ახსნილ მსგავს ფილოსოფიას ისინი უარყოფენ

ეს არის სამეცნიერო საზოგადოების შავი ყუთის აზროვნების სინდრომი

„რაც ჩვენ არ ვიცით, არ არის ცოდნა“ მეცნიერებაში მიუღებელია

ერთხელ პარალელურ სამყაროს, თუ დადასტურდება, რომ განსჯია, ისინი დუმილს შეინარჩუნებენ.

დამკვირვებლის მნიშვნელობა

როდესაც შრედინგერის ყუთს ვხსნით დროის ჰორიზონტში

ყუთში არსებული კატა შეიძლება იყოს ცოცხალი ან მკვდარი და ეს ალბათობაა

ვერც ერთი დამკვირვებელი გარედან ვერ იწინასწარმეტყველებს და დადასტურებას

მაგრამ როცა ვაკვირდებით, სიტუაცია სავარაუდოდ განსხვავებული იქნება

სწორედ ამიტომ, მოვლენათა ჰორიზონტისთვის დამკვირვებელი მნიშვნელოვანია

ორმაგი ჭრილის ექსპერიმენტში ნაწილაკები განსხვავებულად იქცევიან დაკვირვებისას

რატომ ხდება ნაწილაკების ჩახლართულობა, ამ მხრივ ახსნა არ არის

ჩახლართულ ნაწილაკებს შორის ინფორმაცია სინათლეზე უფრო სწრაფად მოძრაობს

ასე რომ, მომავალში, ეგზოპლანეტებთან და უცხოპლანეტელებთან კომუნიკაცია ნათელია.

ხელოვნური ინტელექტი

არ არის ტუმბო, როგორც გული, საჭიროა წყლის ამოტუმბვა ქოქოსის ხეზე

მანქანები ფუტკრის მსგავსად მდოგვის ყვავილებიდან თაფლს ვერ აგროვებენ

ერთი და იგივე ნიადაგიდან მცენარეებს შეუძლიათ ტკბილი, მჟავე და მწარე ნივთების დამზადება

ხელოვნური ინტელექტისთვის, ბუნების რინგზე თამაში განსხვავებული თამაში იქნება

თუ ყველაფერს ხელოვნური ინტელექტისა და მზის ენერგიის მქონე რობოტები აკეთებენ

არავითარი მიზანი და მიზეზი არ არის, რომ ადამიანები სამუდამოდ იცხოვრონ დედამიწაზე

ეს არის შესაფერისი დრო, რომ ადამიანი იმოგზაუროს სხვა პლანეტებსა და გალაქტიკებში

ჩვენ უნდა ვეცადოთ ხელი მოვაწეროთ ახალ გენეტიკურ კოდებს უკვდავი სხეულებისთვის

მე არ მაინტერესებს ინტელექტუალური კომპიუტერის ქვეშ უსასრულოდ ცხოვრება

მოდი დღეს მოვკვდე დამოუკიდებელი აზროვნებით, თუნდაც დრო არ ახსოვდეს.

არ დაარღვიოთ დროის განზომილება

უსასრულო სამყაროში სინათლის სიჩქარე ძალიან ნელია

ეს შეიძლება იყოს უსაფრთხოების ზომები პლანეტების ინდივიდუალობის დასაცავად

ისე, რომ უცხოპლანეტელებმა და ადამიანებს არ შეუძლიათ ხშირ ომებში ჩართვა

სხვა ცივილიზაციები შესაძლოა აყვავდნენ მილიარდობით სინათლის წლით დაშორებულ ვარსკვლავებს

სინათლეზე სწრაფად მოგზაურობა შესაძლოა არ იყოს კარგი ჰომო საპიენსის მომავლისთვის

მოდით, არ გავტეხოთ სიჩქარის უსაფრთხოების სარქველი შედეგების გაცნობიერების გარეშე

დროის განზომილებაში გვირაბი ცივილიზაციის თავდაყირა გახდის

Covid19-ის ვაქცინაც კი ადრე ებრძოდა ვირუსს, ახლა კი ჯანმრთელობის გაფუჭებას ქმნიდა

ჯანმრთელი ახალგაზრდა უმიზეზოდ კვდება ჩვენი სამწუხაროდ

ნახევარი ცოდნა უმეცრებაზე უარესია ან საერთოდ არ ცოდნა

სინათლის სიჩქარის დარღვევით და დროთა განმავლობაში გვირაბით, ჰომო საპიენსი შეიძლება დაეცეს.

ერთხელ

ოდესღაც ხალხს ჰგონია, რომ მზე მზის გარშემო მოძრაობს საღამოს ოკეანეში იძირება და დილით ისევ გამოდის

მზეს ყოველ დილით სჭირდება ღმერთის ნებართვა, რომ გამოვიდეს

რა უცოდინარი და არამეცნიერული, იმ პრიმიტიული დროის ხალხი

მილიონობით წლის განმავლობაში ადამიანებმა არ იცოდნენ ბირთვული ბომბების დამზადება

კარგია, რომ ააგეს პირამიდა, მეგლები და დიდი სამარხები წინააღმდეგ შემთხვევაში, ჩვენ ვერ მივაღწევდით თანამედროვე ცივილიზაციის დროს

შუა საუკუნეებში კაცობრიობის ცივილიზაცია დავიწყებას მიეცა

ერთხელ ჩვენ გვასწავლეს ეთერი (ეთერი), რომლის მეშვეობითაც სინათლე ვრცელდება

ახლა მეცნიერები ფიქრობენ, რომ ზედმეტად ღრუ იყო ეგრეთ წოდებული ფიზიკოსები

დღეს არავინ იცის დიდი აფეთქების, სტაბილური მდგომარეობის, მრავალ ლექსის ან სიმების თეორია, რაც სწორია

მაგრამ სტაბილური მდგომარეობის თეორიით, კოსმოსის დასაწყისი ან დასასრული, რელიგიები მჭიდროა

პლანეტები, ვარსკვლავები და გალაქტიკები იბადებიან და კვდებიან ადამიანებივით

ადამიანისთვის დროის მასშტაბი და სხვადასხვა განზომილება სხვა რამეა.

ღმერთის განტოლება

ვართ თუ არა მხოლოდ ატომების გროვა, როგორც ნებისმიერი სხვა ცოცხალი და არაცოცხალი მატერია?

ან ატომების ერთობლიობა ადამიანის სხეულში სრულიად განსხვავდება სხვებისგან

მხოლოდ სხვადასხვა ატომების კომბინაციებს არ შეუძლიათ ცნობიერების გაღვივება

ადამიანთან, ხელოვნური ინტელექტის მქონე რობოტებსა და კომპიუტერებს შორის განსხვავებაა

ერთხელ გვითხრეს, რომ ატომები ყველაზე პატარა ნაწილაკებია

დადებითი პროტონი, ნეიტრალური ნეიტრონი და უარყოფითი ელექტრონები საფუძვლებია

ახლა, რაც უფრო და უფრო ღრმად მივდივართ, ვიცით, რომ ეს სიმართლეს არ შეესაბამება

ძირითადი ნაწილაკები შეიძლება იყოს ფოტონები, ბოზონი ან უბრალოდ სიმების ვიბრაცია

ზოგიერთი მეცნიერი ამბობს, რომ მნიშვნელოვანია მხოლოდ ინფორმაცია

ეს აერთიანებს კოდის მიხედვით სხვადასხვა წარმომადგენლობას

მაგრამ ცნობიერებასთან და მის წარმოშობასთან დაკავშირებით გამოსავალი არ გვაქვს

გვიხარია ვაშლისა და მისგან დამზადებული ღვინის ჭამა სანამ მეცნიერები იპოვიან ღმერთის განტოლებას, სადაც ყველაფერი მოერგება.

ფილოსოფოსთა დებატები

ფილოსოფოსთა დებატები, კვერცხი იყო პირველი, ან ჩიტი იყო პირველი

ლოგიკა ორივე მხარისთვის ერთნაირად ძლიერი და მტკიცეა

მატერიისა და ენერგიის შემთხვევაში, ასეთი დებატები არ არის

ენერგიიდან სამყარო გაჩნდა რეალური ფაქტია

ენერგიის არც შექმნა და არც განადგურება ძველი პარადიგმაა

ენერგია-მატერიის ორმაგობის კონცეფცია დიდი ხნის წინ თქვა აინშტაინმა

ასევე ვითარდება ნაწილაკების მატერია და ტალღური ბუნება

ძალიან ბევრი ფუნდამენტური ან ელემენტარული ნაწილაკებით არის არსებობა

სამყაროს საბოლოო სამშენებლო ბლოკებთან დაკავშირებით, აზრი ყოველთვის განსხვავებაა

უბრალოდ შეუძლებელია შრედინგერის კატასავით ყოვლისშემძლე გალიაში ჩაკეტვა

სანამ კატას გალიაში ჩავკეტავთ, მოდით ვჭამოთ, გავიღიმოთ, გვიყვარდეს და ვიაროთ უკეთესი სიკვდილისთვის.

მე ვაგრძელებ და გავაგრძელებ

სამყარო უწყვეტად ფართოვდება

მეც ვაგრძელებ და ვაგრძელებ ჩემს მოგზაურობას

ხან მზეა, ხან წვიმა

ხან ჭექა-ქუხილი და ხან ქარიშხალი

მაგრამ მე არასოდეს გავჩერებულვარ, მივდივარ და ვაგრძელებ;

მოგზაურობა ყოველთვის არ იყო მშვიდი და მარტივი

ფეხის თითებში ჩამრჩა ეკლები, თვითონ მოვიშორე

სადაც ხიდი არ იყო მდინარის გასავლელად

საკუთარი ნავი ავაშენე და გადავკვეთე

მაგრამ მე არასოდეს გავჩერებულვარ, გადავედი და გავაგრძელე;

ზოგჯერ ყველაზე ბნელ ღამეს ვკარგავდი მიმართულებას

მიუხედავად ამისა, ციცინათელებმა აჩვენეს გზა გადასვლისთვის

მოლიპულ გზაზე რამდენჯერმე ჩავვარდი

სწრაფად ვდგები და მოციმციმე ვარსკვლავებს ვუყურებ

მაგრამ მე არასოდეს გავჩერებულვარ, მაგრამ გადავედი და გავაგრძელე;

არასოდეს მიცდია გამეზომა მანძილი, რომელიც გავიარე

მოგებისა და ზარალის გაანგარიშების გარეშე, ყოველთვის წინ მიიწევდა

დამკვირვებლებისგან წახალისების მოლოდინი არ არის

არასოდეს კარგავ დროს უქმად მყოფ ადამიანებთან, შეცდომების კეთებაში

დიდი ხნის წინ მივხვდი, ცხოვრებაში არაფერია მუდმივი, მოგზაურობა არის ჯილდო.

ღმერთის და ფიზიკის თამაში

გრავიტაცია, ელექტრომაგნიტიზმი, ძლიერი და სუსტი ბირთვული ძალები ძირითადია

ეს არის მიზეზი, რის გამოც სამყარო დინამიურია და არა ჩერდება ან სტატიკური

მატერია, ენერგია, სივრცე და დრო ამ ოთხ განზომილებაში. შემოქმედი თამაშობს

მეცნიერები ახლა ამბობენ, რომ არსებობს ამოუცნობი ზომებიც

ბნელი ენერგიისა და ქცევის არსებობის მიზეზი ჯერჯერობით უცნობია

მიუხედავად იმისა, რომ ადამიანის ტვინი იდენტურია, თითოეული მათგანის ცნობიერება განსხვავებულია

სამყაროს და ასევე ღმერთის არსებობისთვის მნიშვნელოვანია ცნობიერება

კვანტური ჩახლართულობა არ იცავს მაქსიმალურ სიჩქარის ლიმიტს

დროში მოგზაურობა და სხვა გალაქტიკებში მოგზაურობა, ჩახლართული ნებართვა

რაც უფრო ღრმად მივდივართ, უფრო და უფრო მეტი კითხვა გაჩნდება

თამაში ფიზიკასა და ღმერთს შორის მართლაც სახალისო და სახალისოა.

ერთხელ იყო მანქანა, რომელსაც ტელექსი ერქვა

ერთ დღეს ახალ თაობას ეჭვი შეეპარება, იყო PCO სატელეფონო ზარისთვის

ტელექსი და ფაქსი, თუმცა ვიყენებდით, ახლა გაკვირვებულები ვართ

ინტერნეტ კაფე ჩვენს თვალწინ ჩაქრა, ყოველგვარი გაფრთხილების გარეშე

მაგრამ ღარიბი კაცი, რომელიც ყავის კაფესთან მათხოვრობს, ჯერ კიდევ არსებობს

კასეტებისა და CD ფლეერების დიდი ხმის ყუთები ახლა მიტოვებული სახლში

მაგრამ ხმის ყუთები და საჯარო მისამართების სისტემა დროს უძლებს

თუმცა, კომუნიკაციისთვის, ინტერნეტი, სოციალური მედია მთავარია

ტექნოლოგია ყოველთვის უკეთესი ხვალინდელი დღისთვის და ცხოვრების გასაუმჯობესებლადაა

მაგრამ ეს ვერ შეამცირებს ცოლ-ქმარს შორის განქორწინებების რაოდენობას

თანამედროვე ცივილიზაციის პიკშიც კი არსებობს სიღარიბე და შიმშილი

ბევრ ქვეყანაში ბევრი ადამიანის აზროვნება ირაციონალური და რასისტულია

ფიზიკასა და ტექნოლოგიას არ აქვს პასუხი, როგორ შევაჩეროთ ომი და დანაშაული

ტექნოლოგიის შემუშავება მშვიდობიანი სამყაროსთვის და ძმობის გაუმჯობესება მთავარია.

ჩემი გონება

ჩემი გონება არასოდეს მაძლევდა საშუალებას ეჭვიანობის
გონება არასოდეს მაძლევდა უფლებას ვიყო გულგრილი
გაბრაზება და სიძულვილი არ არის ჩემი ფინჯანი ჩაი
ჯობია მარტოობაში დავრჩე ზღვასთან
სიმშვიდე და სიმშვიდე ყოველთვის მირჩევნია
ჩხუბის ნაცვლად ძმობა ჯობია
ძალადობისგან ყოველთვის ვცდილობ თავი შორს ვიყო
სიმართლისა და პატიოსნებისთვის მზად ვარ გადავიხადო
კორუმპირებული ხალხი, ვცდილობ თავი დავიცვა
მე განვიცდი უამრავ შფოთვას და დაძაბულობას
გარემოს დასაცავად, გამოსავალი არ მაქვს
ომი და დაბინძურება მაძლევს დეპრესიას
კაცობრიობის ფსიქიკური ჯანმრთელობა დეგრადაციაშია.

თუ მულტივერსია მართალია

თუ მულტივერსია და პარალელური სამყაროს თეორია მართალია

მაშინ დედამიწაზე ადამიანის არსებობის მინიშნება არსებობს

ყველაზე მოწინავე ცივილიზაციას შესაძლოა დედამიწა ციხედ გამოეყენებინა

ადამიანი ყველაზე სასტიკი ცხოველია, ეს შეიძლება იყოს მიზეზი

კარგი ცივილიზაციის ცუდი ელემენტები გადაიტანეს მსოფლიოში

შემდეგ მოწინავე ცივილიზაციამ მოიშორა ცუდი და ბოროტი ნაყარი

ადამიანები დედამიწაზე დატოვეს ჯუნგლებში მაიმუნებთან ერთად

ყოველგვარი ხელსაწყოებისა და დარტყმების გარეშე ცუდმა ადამიანებმა თავიდან დაიწყეს ცხოვრება

პირველი თაობის გარდაცვალების შემდეგ ხდება ძველი ინფორმაციის რღვევა

ახალშობილმა მსოფლიოში უნდა დაიწყო თავიდან ცხოვრების პრობლემა

თუმცა ცივილიზაციამ ბევრი გადაინაცვლა და განვითარდა

ცუდი ადამიანებისა და კრიმინალების დნმ-ით ადამიანთა საზოგადოება კვლავ ლპება

მოწინავე ცივილიზაცია არასოდეს დაუშვებს ადამიანებს მათ მიაღწიოს

მათ იციან, ძველი წინაპრების ცუდი დნმ კვლავ შეეცდება მათი საჭის განადგურებას.

ხახუნი

ძალიან ცოტამ იცის, რომ ხახუნის კოეფიციენტი არის mew

ხახუნის გარეშე, ამ პლანეტაზე სიცოცხლე ვერ განახლდება

სიცოცხლის შექმნა მამაკაცისა და ქალის ორგანოების ხახუნით იწყება

ხახუნის გზით ახალშობილები მოდიან ტირილის ლოზუნგებით

ხახუნის გარეშე ცეცხლს არ შეეძლო თავისი ალი გამოეჩინა

ცეცხლმა შეცვალა მთელი კაცობრიობის ცივილიზაციის თამაში

თვლები ვერ მოძრაობენ წინ ხახუნის ძალის გარეშე

თქვენი სწრაფად მოძრავი მანქანის შესაჩერებლად, ხახუნი არის მთავარი წყარო

თუ ხახუნი არ არის, თქვენი ჯამბო ჯეტი არ გაჩერდება ასაფრენ ბილიკზე

ქალაქების დაბომბვის მიზნით გამანადგურებელი თვითმფრინავების აფრენა შორს იქნება

გონების ხახუნი იწვევს მრავალი ეპოსის შექმნას

გრავიტაციის მსგავსად, ხახუნი ასევე ბუნებრივი ძალის ძირითადია

ეგოს ხახუნი საშიშია და იწვევს დიდ ომს

ამან კაცობრიობის ცივილიზაციას შეიძლება დიდი საფრთხე შეუქმნას

ხახუნი არის კარგი და ცუდი, მისი გამოყენების მიხედვით

ხახუნის გარეშე, სიცოცხლე პლანეტაზე გადაშენდება, დედამიწას ვერავინ გამოიყენებს.

რაც ვიცით, არაფერია

ის, რაც ფიზიკამ იცის, მხოლოდ აისბერგის მწვერვალია

ის, რაც ფიზიკამ არ იცის, არის ნამდვილი ფიზიკა

ბნელი ენერგია და ბნელი მატერია, აკონტროლებენ რეალურ დინამიკას

რაც ვიცით მატერიის, ენერგიისა და დროის შესახებ მხოლოდ ძირითადია

კოსმოსის საზღვარი უცნობი და მოჩვენებითია

არის თუ არა ანტიმატერია და პარალელური სამყარო რეალური, უცნობია

რამდენიმე ათასი წლის წინ მულტი სამყაროს კონცეფცია აფეთქეს

დიდი აფეთქების წინ ასევე არსებობდნენ გალაქტიკები ახლა ჩვენ ვიცით

ფიზიკის პროგრესი ძალიან სწრაფია, მაგრამ დროის დომენში ნელი

სამყარო ფართოვდება უფრო სწრაფად, ვიდრე ჩვენი ცოდნა

ჩვენ ძალიან ცოტა ვიცით სამყაროსა და მისი უკიდეგანობის შესახებ, უნდა ვაღიაროთ.

ჭეშმარიტების კარგი დღეები მოდის

როდესაც ჩვენ შევძლებთ სინათლეზე უფრო სწრაფად ვიმოგზაუროთ

კაცობრიობის ცივილიზაციის მომავალი ნათელი იქნება მილიარდობით სინათლის წლით დაშორებული შორეული პლანეტიდან

რა ცუდი მოხდა წარსულში, მარტივად შეგვიძლია ვთქვათ ბუდას, იესოს, მუჰამედის ნამდვილი ამბავი გამოვლინდება

რელიგიურ სახელმძღვანელოებში არაფერია ყალბი

ჭეშმარიტებისკენ მიმავალი გზები სამომავლოდ მყარი იქნება და სიცრუე არასოდეს გაგრძელდება

ჭეშმარიტების, ნდობისა და ერთგულების გზას ხალხი შეინარჩუნებს

ცუდ ადამიანებს და კრიმინალებს მსოფლიო მთავრობა დააკავებს

ისინი გადაასახლებენ მილიარდობით სინათლის წლით მოშორებულ ციხეში.

დიფერენციაცია და ინტეგრაცია

როდესაც ჩვენ განვასხვავებთ ადამიანს და შემდეგ

ჩვენ საბოლოოდ მივიღებთ მაიმუნს, რომელიც ჭამს ხილს ხეებზე

მაგრამ როდესაც ჩვენ პრიმიტიულ კაცს მუდმივად ვაერთიანებთ

ჩვენ საბოლოოდ მივიღებთ ბუდას, იესოს და აინშტაინს

ასე რომ, ინტეგრაცია უფრო მნიშვნელოვანია, ვიდრე დიფერენციაცია

ინტეგრაცია არის გზა ჭეშმარიტებისა და პრობლემების გადაჭრისკენ

დიფერენციაცია არის მოძრაობა უკან და შემდეგ განადგურება

ადამიანის გენმა იცის საუკეთესოთა ბუნებრივი გადარჩევის შესახებ

თუმცა, უზენაესობისთვის და არაბუნებრივი გზით გამარჯვებისთვის, ისინი ყველაზე სასტიკნი ხდებიან

ბუნების მანიპულირება არაბუნებრივი პროცესით არ არის ეთიკური

გრძელვადიანი მდგრადობისთვის ასევე ბუნებრივი პროცესის დაჩქარება საოცრებაა.

Eagle In Starvation

ცხოველთა სამეფო იტანჯება ადამიანის ინტელექტის გამო

ხელოვნურ ინტელექტს შეუძლია ბუმერანგი და შექმნას ფრანკენშტეინი

ადამიანს შეუძლია გახდეს საკუთარი შემოქმედების მონა, უკეთესი ცხოვრების ძიებაში

ხელოვნური ინტელექტის მქონე რობოტი შეიძლება გახდეს საშიში დანა

რომელი ადამიანი იცხოვრებს კუსავით სამასი წლის განმავლობაში?

უფრო მეტი იქნება ბუნების განადგურება და არასასურველი ხმაური

ციფრულ ვირტუალურ სამყაროში მხოლოდ ჭამას და დროის გატარებას აზრი არ აქვს

უკეთესია მოკვდე და იცხოვრო როგორც ციფრული მონაცემები ქსელში, როგორც სიგნალები

თუ რომელიმე მოწინავე ცივილიზაცია იჭერს სიგნალებს და გაშიფრავს მას

მათი კვლევისა და განვითარებისთვის, ჩვენი ტვინის მონაცემები შეიძლება მოერგოს

გენეტიკური ინჟინერია შეიძლება ისეთივე საშიში იყოს, როგორც ხელოვნური ინტელექტი

Covid19-ზე დიდმა კატასტროფამ შეიძლება გაანადგუროს ადამიანები მცირე დაუდევრობის გამო

მაგრამ ადამიანის ტვინი და გონება არ გაჩერდება სიტუაციის შეხვედრის გარეშე

ადამიანის გონება-ტვინი ყოველთვის მიდრეკილია შიმშილის დროს არწივივით დაფრინდეს.

როგორც ჩვენ ვიზრდებით

ცხოვრების გზაზე, რაც უფრო და უფრო ვბერდებით

ცხოვრების საქაღალდიდან ბევრი რამის წაშლაა საჭირო

ცხოვრების მოგზაურობა საუკეთესო მასწავლებელია და გაგვამხნევებს

მაგრამ არასაჭირო ტვირთის ტარებით, ჩვენი მხრები სუსტდება

წარსული ინფორმაციის უმრავლესობას არანაირი მნიშვნელობა არ აქვს

ასე რომ, უმჯობესია წავშალოთ და განვაახლოთ გონება

შეცვლილ სცენარში ახალი რამ უნდა ვიპოვოთ

ხალხის მიმართ კრიტიკის ნაცვლად, ჩვენ უნდა ვიყოთ კეთილი

ყოველი დღე სიკვდილისკენ მივდივართ რეალობაა

კამათში დროისა და ენერგიის დაკარგვა მხოლოდ უაზრობაა

გამოცდილებით თუ არ ვისწავლით სიბრძნეს

სიკვდილის დროს ჩვენ დავტოვებთ უნაყოფო სამეფოს

უფრო მალე გავაცნობიერებთ ცხოვრების რეალობას და მოგზაურობის გაურკვევლობას

ჩვენ შეგვიძლია თავიდან ავიცილოთ ტურნირის ზედმეტი ჩხუბი და საზრუნავი

ღიმილი და სიცილი უფრო მნიშვნელოვანია, როცა ვბერდებით

ბევრი ახალი შესაძლებლობა, ღიმილი ადვილად იშლება

წინააღმდეგ შემთხვევაში, ჩვენი ამბავი დაეიწყებას მიეცემა და უთქმელი დარჩება

ყველა მოხუცი და ბრძენი აცნობიერებს, რომ არ არსებობს წარსული და მომავალი

ვინც ამას მალე მიხვდება, შეუძლია თავიდან აიცილოს ცხოვრების არასასურველი წამება.

დაივიწყეთ ხელნაკეთი განყოფილება

არამატერიალურია, მარტოხელა პლანეტაზე ვცხოვრობთ თუ მრავალ სამყაროში

მილიარდობით წლის განმავლობაში ამ პლანეტაზე სიცოცხლე გაჩნდა და აყვავდა

ცივილიზაცია მოვიდა და ცივილიზაცია გაქრა საკუთარი შეცდომების გამო

მაგრამ ახლა გლობალური დათბობის გამო მთელი პლანეტა გასაჭირშია

თუ უზენაესი ცხოველი ამას მალე არ მიხვდება, ყველაფერი დაინგრევა

თუმცა ზუსტი კურსი და განწირულობის დღე ვერავინ იწინასწარმეტყველებს

თუ გულიდან არ ვიგრძენით და არ ვიმოქმედოთ, უფრო ადრე იქნება ჰოლოკოსტი

მრავალ სამყაროს პლანეტის ძიებასთან ერთად მნიშვნელოვანია ტყის ხანძრის ჩაქრობა

თუ გარემოს კოლაფსი სწრაფად განვითარდება, ტექნოლოგია იმპოტენტური იქნება

შორეულ ჰორიზონტს რომ ვუყურებ, კაცობრიობამ არ უნდა დაკარგოს უახლოესი ხედვა

პლანეტის გადასარჩენად, იყავით აქტიური და დაივიწყეთ ადამიანის მიერ შექმნილი დაყოფა.

Cloud Computing-მა ის უხილავი გახადა

ღრუბლოვანი გამოთვლა კვანტური კომპიუტერით

მიუხედავად ამისა, მიწოდებულია იმავე ადგილობრივი მიმწოდებლის მიერ

ის მოვიდა თავისი ძველი, დანგრეული მიტანის ფურგონით

პორტალებიდან წინასწარ გადახდილი მასალების აღებით ჩვენ თავს მხიარულად ვგრძნობთ

ადრე ჩვენ ვურეკავდით მას ჩვენი ტელეფონით, რომელიც არ იყო ჭკვიანი

როცა ვუბრძანებთ, დილა მშვიდობისა და ღიმილით იწყებს

მან გამოიყენა კალამი და ფანქარი ნივთების ჩამონათვალის დასაწერად

ნებისმიერი დაბნეულობა, მან მაშინვე გამოასწორა

ახლა ის მხოლოდ ღრუბლოვანი კომპანიის დამუშავებისა და მიწოდების აგენტია

თავის მომხმარებლებთან მან დაკარგა კომუნიკაცია და ჰარმონია

ტექნოლოგიამ ის უბრალოდ რობოტის მსგავსი მიწოდების მანქანად აქცია

მისი ძველი მომხმარებლებისა და ვიზიტორებისთვის ის მხოლოდ უხილავი ზმულია.

ჩვენ ვირტუალური ვართ

კარგად ჟღერს, ჩვენ არ ვართ რეალური, არამედ ვირტუალური საგნები

რასაც ვხედავთ, ვგრძნობთ და გვესმის, არის სამგანზომილებიანი ჰოლოგრამა

მხოლოდ ინფორმაცია და მონაცემები ინახება თესლში და სპერმაში

ყველაფერი დაპროგრამებულია კვანტური ნაწილაკებით ერთი ვადით

ჩვენი გრძნობები არ არის დაპროგრამებული პროტონის, ნეიტრონის ან ელექტრონის დასანახად

არც ჩვენი ორგანოებია დაპროგრამებული ჰაერის, ბაქტერიების და ვირუსების დასანახად

რასაც ვერ ვგრძნობთ ჩვენი ორგანოებით, არსებობს მხოლოდ ვირტუალური

უსასრულო სამყაროში ჩვენ ასევე არ ვართ რეალური, არამედ ვირტუალური სხვებისთვის

ჰოლოგრამა ისე მშვენივრად არის დაპროგრამებული, რომ ჩვენ ნამდვილები გვგონია

ასევე, ჩვენ ვგრძნობთ, როდესაც ვირტუალურ თამაშს ვთამაშობთ უცნობ მოთამაშეებთან

ჩვენი ცხოვრების ვირტუალური რეალობა ჩვენთვის რეალური რეალობაა

ჰოლოგრამაში მოცემული შეზღუდული ინტელექტი ზუსტია

მილიარდობით წელი დასჭირდება ადამიანის ინტელექტის განვითარებას სამყაროს

ამ დროისთვის სამყაროს შეუძლია საპირისპირო მოგზაურობის დაწყება

სიცოცხლის ცნობიერება

სიცოცხლის ცნობიერება არის დნმ-ის, განათლების, რწმენისა და გამოცდილების ერთობლიობა

ადამიანის ცნობიერება აძლევს ადამიანს უმაღლეს ინტელექტს და ცნობისმოყვარეობას

ცხოველთა სამეფო გადარჩება დაზვერვისა და აქტივობის იმავე დონეზე, რათა გადარჩეს

ცხოველების ბაქტერიებისა და ვირუსების დაავადებებისგან გადასარჩენად, არსებობს ადამიანების საქმიანობა

ცხოველები უფრო დაუცველები არიან დაავადებისა და სიკვდილის ბუნებრივი პროცესის მიმართ

მხოლოდ ბუნებრივი იმუნიტეტისა და გამრავლების გზით გადარჩება ცხოველთა სახეობები

დედამიწიდან გადაშენების შემდეგ, არცერთი სახეობა ავტომატურად არ აღორძინებულა

არავინ იცის, როგორ და რატომ მიიღეს ადამიანებმა უმაღლესი ცნობიერება

განათლებამ, წვრთნამ და ცნობისმოყვარეობამ ადამიანურ ცივილიზაციას წინსვლის საშუალება მისცა

ჭიანჭველები და ფუტკარი იგივე რჩება, რაც ხუთი ათასი წლის წინ იყო

მიუხედავად იმისა, რომ მათი დისციპლინა, თავდადება და სოციალური მთლიანობა ადამიანი ცდილობს დაიცვას

ყველა ცოცხალი არსების ცნობიერება განსხვავებული და უნიკალურია

ცოცხალი არსებების ეს მრავალფეროვნება შეიძლება ინტეგრირებული იყოს კვანტური ჩახლართულობით

რელიგიას სჯერა, რომ ყველაფერი ღმერთთან არის ჩახლართული

ჩახლართულობა სუპერ ცნობიერების ნაწილად რომ მივიღოთ, მეცნიერება არ არის განწყობილი.

კატა გამოვიდა ცოცხალი

კატა ყუთიდან ცოცხალი და ჯანმრთელი გამოვიდა

ღონისძიებაზე დამსწრე მეცნიერები განუწყვეტლივ ტაშს უკრავდნენ

დაინახა, რომ ძალიან ბევრი ხალხი ტაშს უკრავდა, კატა უცებ გაუჩინარდა

კატის ნახევარგამოყოფის პერიოდმა და რადიოაქტიურმა მასალამ კატა გადაარჩინა

გაურკვევლობის პრინციპი მუშაობდა სიცოცხლის გადასარჩენად, შეიძლება ფსონი დადო

ღმერთმა კატის სიცოცხლის გადარჩენის შანსი ორმოცდაათი ორმოცდაათია

ეს ასევე არის ჰაიზენბერგის გაურკვევლობის პრინციპი

თუმცა სტივენ ჰოკინგმა თქვა, რომ ღმერთს შესაძლოა არ ჰქონდეს როლი სამყაროს შექმნაში

მაგრამ სიცოცხლისა და მოვლენების გაურკვევლობის გამო, ღმერთის არსებობა, ადამიანის გონება იხსნება

თუ კატას გალიაში არ ჩავკეტავთ და მშვენივრად არ ვიწინასწარმეტყველებთ მის მომავალს

მეცნიერება ვერ შეძლებს ღმერთის და ბუნების გაურკვევლობის ჩაკეტვას.

დიდი ბარიერი

ფოკუსირება გადარჩენის ძირითადი ინსტინქტია

მონადირეს არ შეუძლია მოკლას ლოცვა ყურადღების გარეშე

კრიკეტის მოთამაშეები ყურადღებას ამახვილებენ ბურთზე და ჯოხზე

ფეხბურთელები კონცენტრირებულნი არიან ბურთსა და ბადეში

ყოველდღიურ ცხოვრებაში ფოკუსირება არ არის რთული ამოცანა

ვინც ხელოვნებას ეუფლება, სწრაფად პროგრესირებს

ახალგაზრდა ბიჭს ადვილად შეუძლია ფოკუსირება ლამაზ გოგოზე

მაგრამ უჭირთ დიფერენციალური განტოლების გამოტანა

მათემატიკაში ოსტატობის გასაკეთებლად, ფოკუსირება არის გამოსავალი

ფოკუსს შეუძლია მზის შუქის კონცენტრირება ქაღალდზე ცეცხლის გასაჩენად

პრაქტიკა სრულყოფილს ხდის ფოკუსს და უფრო ჭკვიან შედეგებს იძლევა

ცხოვრებაში, კონცენტრირებისა და ფოკუსირების შეუძლებლობა დიდი ბარიერია.

ცხოვრება არ არის ვარდების საწოლი, მაგრამ არის მზე

ჩვენ ვოცნებობთ, ვიმედოვნებთ და ველით, რომ ცხოვრება ვარდების კალაპოტი იქნება

გზა, რომელზეც მივდივართ, უნდა იყოს გლუვი და ოქროსფერი

მაგრამ რეალობა სულ სხვაა, რთული და ილუზიაა

ჩვენი არსებობა ატომის არასტაბილურობის გამოა

მოლეკულებად რომ გახდნენ, ისინი ყოველ წუთს აერთიანებენ

გაურკვევლობა ჩვენი ცხოვრების განუყოფელი ნაწილია ყოველ გასეირნებაში

ვარდების საწოლი მხოლოდ ზღაპრებშია შესაძლებელი

ჩვენი ცხოვრება იძულებულია იმოძრაოს დაბურულ გზებზე

წითელი შუქი შეიძლება გაიზარდოს ყველაზე შეუსაბამო დროს

თუ ვიჩქარებთ, უცნობი ძალები დაჯარიმდებიან

ცხოვრების გაურკვევლობაშიც კი მზეა

ცხოვრების მოგზაურობა სავსეა შესაძლებლობებით, წარმატება, თქვენი შესაძლებლობები განსაზღვრავს.

უზენაესი ცხოველი

როგორი იქნება ცხოვრება პარალელურ სამყაროში, დიდი კითხვაა

თუ ადამიანს არ შეუძლია ტელეპორტაციის გაკეთება, სრულყოფილი გამოსავალი არ არის

ამ დრომდე ჩვენ ვერ ვიპოვით მალაიზიის დაკარგული ფრენის ზუსტ ადგილს

სიცოცხლის ზუსტი ფორმის შესახებ საუბარი ეგზოპლანეტების მონაცემების გარეშე არ არის სწორი

რასაც მეცნიერები იტყვიან, ჰიპნოზად დარჩება მანამ, სანამ მათ ვეწვევით

მათ ცხოვრებაში და ფიზიკურ საგნებს მართავენ, შეიძლება არსებობდეს განსხვავებული სფერო

რა თქმა უნდა, ისინი შეიძლება არ დადიოდნენ თავზე და არ ჭამდნენ სულელებს

მაგრამ ახლოდან დაკვირვების გარეშე, რეალობა არასოდეს განვითარდება

პარალელური სამყაროს მოწინავე არსებები შეიძლება ცხოვრობდნენ რაღაც სითხის ქვეშ

შეიძლება იქ მართავდნენ საზავშვო ისტორიების ქალთევზათა ცხოვრების არსებები

სიგნალების საშუალებით ყველაფრის გაცნობის შანსი იშვიათია

თუ ჩვენ არ გამოვიკვლიეთ უსასრულო კოსმოსის ყველა კუთხე და კუთხე

ამტკიცებენ, რომ ადამიანები, სამყაროს მმართველები არიან ჰიპოთეზა, როგორც ხავსი.

ო" მეცნიერებო, ძვირფასო მეცნიერებო

სამყარო ლამაზად ნაქსოვი და სრულყოფილია
სიცოცხლე და სიკვდილი მისი მშვენიერი ციკლის ნაწილია
გენეტიკური ინჟინერიით ნუ გახდებით ადამიანები უკვდავი
ადამიანმა უკვე გაანადგურა დედამიწის ეკოლოგიური ბალანსი
ცოცხალ არსებებში ბიომრავალფეროვნება განუყოფელი ნაწილია
გავიდა მილიარდობით წელი და ძალიან ნელი ევოლუცია
დინოზავრის გადაშენების გზით და მრავალი სხვა
ადამიანის სიცოცხლე ახლა ყვავის მარტოხელა პლანეტაზე
უკვდავებამდე გენეტიკა და ხელოვნური ინტელექტი
კიბოს განკურნება და გენეტიკური დაავადებები უფრო მნიშვნელოვანია
რამდენიმე ათასი წლის წინ ბრძენები ცდილობდნენ უკვდავებას
მაგრამ უარი თქვა მის მცდელობაზე, გააცნობიერა მისი საფრთხეები და ამაოება
თუ ადამიანი უკვდავი გახდება, რა დაემართება სხვა სიცოცხლეს

ხშირი ტრავმა შინაური ცხოველების გარდაცვალებაში, თანაბრად მტკივნეული იქნება

გრძელვადიან პერსპექტივაში, გონების შეცვლის გარეშე, უკვდავება საზიანო იქნება.

ადამიანის ემოციები და კვანტური ფიზიკა

სიყვარული და რწმენა არ მიჰყვება ლოგიკას

ადამიანის სიცოცხლისთვის ორივე ძირითადია

ჩვენს ცხოვრებაში ძალიან მნიშვნელოვანია მუსიკა

გრძნობები, რომლებიც მოდის გენის მეშვეობით, არის შინაგანი

მაგრამ სიცოცხლისთვის, ატომების კომბინაცია ორგანულია

ფუნდამენტური ნაწილაკები რეალურად ფუნდამენტურია, სადავოა

სიმების თეორია ამბობს, რომ ვიბრაცია არის რეალური ფორმა

კვანტური ჩახლართულობა მართლაც საშინელი რამ არის

ახლა კვანტურ მექანიკას ახალი შესაძლებლობები მოაქვს

თუმცა, ადამიანის ემოციებს და ცნობიერებას, ჩვენ სხვანაირად ვმღერით.

რა მოუვა ორიგინალობასა და ცნობიერებას?

ამ სამყაროში მე შეიძლება არ მქონდეს რაიმე მიზანი და მიზეზი

შეიძლება ვირტუალურ ციხეში იმიტირებული ცხოვრებით ვცხოვრობ

მაგრამ მე მაქვს საკუთარი ცნობიერება და ორიგინალურობა

უკვე ხელოვნურმა ინტელექტმა დაარღვია ჩემი აზროვნების პროცესი

ჩემი აზროვნების ორიგინალურობაში არის სტაგნაცია და რეცესია

თუ ჩემი ინტელექტი და ცნობიერება დაქვემდებარებული გახდება

მე ნამდვილად დავკარგავ ჩემს, როგორც ცნობიერი კოორდინატის პოზიციას

უკვე მობეზრებული ცხოვრება უმიზნო, უმართავ პლანეტაზე

ვერც ერთი მეცნიერება და ფილოსოფია ვერ ხსნის რატომ მოვედით რა მიზნით

თვითნებური ხედვა, მისია და მიზანი, უნდა ვივარაუდოთ

ხელოვნური ინტელექტისა და უკვდავების შემთხვევაში, ეს ასევე უშედეგო იქნება

არ ვიცი, როგორი იქნება ცხოვრების განმარტება, თუკი ცხოვრება არ დარჩება მყიფე.

როდესაც სრულდება სამყაროს გაფართოება

გაგრძელდება თუ არა სამყაროს გაფართოება უსასრულოდ?

ან ერთ მშვენიერ დღეს ის უცებ შეწყვეტს გაფართოებას

დრო დაკარგავს წინ მოძრაობას და ჩერდება

ან იმპულსის გამო, დაიწყებს უკუქცევას საპირისპირო მიმართულებით

რა სასაცილო იქნება ადამიანისთვის ცხოვრება პლანეტაზე დედამიწაზე

ადამიანები დაიბადებიან როგორც მოხუცები კრემაციის ადგილზე

ცეცხლიდან მათ ოჯახის წევრები და მეგობრები მიესალმებიან

მწუხარების ადგილის ნაცვლად, სასაფლაოები იქნება სადღესასწაულო ადგილი

ნელ-ნელა მოხუცები უფრო და უფრო ახალგაზრდები ხდებიან

ისევ, ერთ დღეს ისინი გახდებიან სპერმატოზოიდები და დედის მუცელში სამუდამოდ გაქრება

ყველა პლანეტა და ვარსკვლავი კვლავ გაერთიანდება სინგულარობაში

მაგრამ მაშინ არ იქნება ფიზიკა და დრო, რომ ავხსნათ ყველა წვრილმანი.

ხელახალი ინჟინერია

ბუნება უწყვეტ ინჟინერიას და ხელახალი ინჟინერიას აკეთებს

ეს არის შემოქმედებისა და ბუნების ჩაშენებული პროცესი

ევოლუციის პროცესშიც კი, უკეთესი სახეობებისთვის, ეს სასიცოცხლოდ მნიშვნელოვანია

ხელახალი ინჟინერიის გარეშე საუკეთესო პროდუქტი ვერ მოვა

ასე რომ, წინსვლისა და საუკეთესო განვითარებისთვის აუცილებელია ხელახალი ინჟინერია

ადამიანის ტვინი ასევე აკეთებს უწყვეტ რეინჟინერიას აზროვნების პროცესში

ჩვენ ვსწავლობთ, ვსწავლობთ და ისევ ხელახლა ვსწავლობთ, როდესაც სიმართლე დადგინდება

სანამ არ გამოვამუშავებთ საუკეთესოს ან ვიპოვით სიმართლეს, ხელახალი ინჟინერია გრძელდება

ამ გზით ბუნებამ მიაღწია საუკეთესო დინამიურ წონასწორობას

ხელახალი ინჟინერია და ევოლუცია ქანქარივით უწყვეტია.

ჰიგსის ბოზონი, ღმერთის ნაწილაკი

როდესაც აღმოაჩინა, ჰიგს ბოზონმა ზედმეტად აღაფრთოვანა მეცნიერთა საზოგადოება

მიუხედავად ამისა, სამყაროში ღმერთი და მისი მოციქულები ასეთებად დარჩნენ

ღმერთსა და წინასწარმეტყველებში ჯერ კიდევ ადამიანებს აქვთ უსაზღვრო რწმენა და ნდობა;

ფუნდამენტური ნაწილაკები მათ ადგილას ოდითგანვე იმყოფებოდნენ

ასე რომ, მორწმუნეებისთვის, ჰიგსის ბოზონის აღმოჩენის მიუხედავად, ყველაფერი იგივეა

მსოფლიო ომისა და ნაგასაკის დაბომბვისთვის მორწმუნე ფიქრობს, რომ ეს ღვთის მარადიული თამაშია

ურწმუნო ამტკიცებს, ღმერთის თუ არა ღმერთის მიუხედავად, ბომბი ცეცხლს შექმნიდა

მსოფლიო ომისა და ნგრევისთვის, ადამიანის ეგო და დამოკიდებულებაა დამნაშავე

მორწმუნეებმა ღმერთს იმდენი სახელი დაარქვეს მსოფლიოს სხვადასხვა კუთხეში

მაგრამ ჰიგსის ბოზონი, მხოლოდ ერთი სახელით, მეცნიერები იშლება.

მოხუცი და კვანტური ჩახლართულობა

მადლობა ღმერთს, ეს იყო თევზი და არა ნიანგი ან გოძილა ან ანაკონდა

ეს შესაძლებელი იქნებოდა კვანტური ალბათობისა და ჩახლართულობის მიხედვით

მაშინ გაურკვევლობის პრინციპი მოხუცს მუცელში ჩააყენებდა

მისი ნავი ძალიან პატარა და მყიფე იყო გაურკვევლობაში გადარჩენისთვის

ჰემინგუეის რომანმა მოიპოვა პრიზი, როგორც თევზი და მისი შემოქმედებისთვის

მიუხედავად ამისა, გაურკვევლობამ და კვანტურმა ჩახლართულობამ პრიზის მფლობელი სიკვდილამდე მიიყვანა

ღმერთის ნაწილაკების აღმოჩენის შემდეგაც კი, ამ პლანეტაზე სიკვდილი არის საბოლოო ჭეშმარიტება

რამდენიმე ცივილიზაცია დავიწყებას მიეცა ისე, რომ არ იცოდა გრავიტაციისა და ფარდობითობის შესახებ

ხალხი ახლა იყენებს კვანტურ გაჯეტებს, ჩახლართულობის ცოდნის გარეშე, ჩუმად

ცოდნის დონე, ცოდნა და არ ცოდნა არის განსხვავება ცივილიზაციებს შორის

ნახევრად ცოდნამ და ბიო დაზვერვამ ასევე შეიძლება ადამიანთა რასა განადგურებისკენ წაიყვანოს.

რას გააკეთებს ხალხი?

საჭიროა თუ არა პლანეტა დედამიწაზე რვა მილიარდზე მეტი ჰომო-საპიენსი?

უკვე მესამე სამყაროს ქვეყნები გადატვირთულია ნახევრად წიგნიერებით

აზიის ქალაქებში არავის შეუძლია სიარული, ველოსიპედით, მანქანით ან კომფორტულად გადაადგილება

უფსკრული იყო და არ ყოფილა-ს შორის დღითიდღე იზრდება

რელიგიის სახელით, ახალგაზრდა სამუშაო ძალის შექმნა, შობადობის კონტროლის გარეშე

ირგვლივ უმუშევრობა და იმედგაცრუება და იმედგაცრუება

ციფრულმა ხარვეზებმა აიძულა ნაწილი ეცხოვრა არაადამიანურ მდგომარეობაში

გაჭირვებული ნაწილისთვის სიცოცხლე ნიშნავს ბედს და ღმერთს წყალობისთვის ლოცვას

უიმედო ახალგაზრდებში თვითმკვლელობის გახშირება პიკს აღწევს

ახლა ხელოვნური ინტელექტის წყალობით, ჩვენ ვხსნით უფრო და უფრო მეტ სამუშაო ადგილს

სოფლის მეურნეობაშიც ადამიანები ნელ-ნელა კარგავენ უკეთესი მომავლის იმედს

რას ითხოვენ მსოფლიოში უსაქმური და უმუშევარი, უსამართლო არ არის.

სივრცე-დრო

დრო შედარებითია, უკვე დადგენილი ფაქტი და რეალობა

სივრცე უსასრულოა, სამყარო ყოველგვარი
წინააღმდეგობის გარეშე ფართოვდება

სივრცე-დროის ურთიერთობაში ასევე მნიშვნელოვანია
გრავიტაციული ძალა,

სინათლის სიჩქარე დროისთვის ბარიერია და ამ სიჩქარით
დრო შეიძლება გაჩერდეს

სივრცე-დრო, მატერია-ენერგია, გრავიტაცია-
ელექტრომაგნიტიზმის მთელი კონცეფცია შეიძლება
გადაშალოს,

ნიუტონი აინშტაინამდე იყო დიდი ნახტომი ფიზიკის
შესწავლაში

კვანტური ჩახლართულობა ახლა ცვლის ბევრ საფუძველს,

დროში მოგზაურობა და ტელეპორტაცია აღარ არის
სამეცნიერო ფანტასტიკის ისტორია

ხელოვნური ინტელექტი მალე დადგება, რომ ეს მოხდეს
ახალი მიმართულებით

ხალხი შეიძლება მალე შეხვდეს იესოს და ბუდას დროში
მოგზაურობის დროს შვებულების დროს.

არასტაბილური სამყარო

დიდი აფეთქების შემდეგ ელემენტარული ნაწილაკები აჟიტირებულია

აფეთქებისგან სავსე ენერგიით აღფრთოვანებულები არიან

ახალშობილი ნაწილაკები არასტაბილურია და დიდხანს ვერ ცოცხლობენ

ასე რომ, მათი შერწყმით წარმოიქმნა პროტონი, ნეიტრონი და ელექტრონი

მათ ერთად შექმნეს ატომის მინი მზის სისტემა, რათა გამხდარიყო სტაბილური

მაგრამ სტაბილურობის შესანარჩუნებლად, ახლად წარმოქმნილი ატომების უმეტესობამ ვერ შეძლო

ატომები გაერთიანდნენ სხვადასხვა პროპორციით და იქცნენ მოლეკულებად

საკითხებთან ერთად, მზის სისტემა დინამიურად სტაბილური გახდა

მილიონობით წელი დასჭირდა ატომებს ბიომოლეკულების წარმოქმნას

ნახშირბადმა, წყალბადმა, ჟანგბადმა, აზოტმა, რკინამ ბიოლოგიური სიცოცხლე შესაძლებელი გახადა

მიუხედავად ამისა, ჩვენ არ ვართ დარწმუნებული, რომ ჩვენ რეალურად ვართ ატომების ან ვიბრაციული ტალღების კომბინაცია

ფუნდამენტური ნაწილაკები შეიძლება სინამდვილეში იყოს ღმერთის სიმის ვიბრაცია.

ფარდობითობა

ფარდობითობა ბუნების თვისებაა, როდესაც გალაქტიკები შეიქმნა

დიდ აფეთქებამდე და მის შემდეგ ასევე ფარდობითობა ყოველთვის არსებობდა

სამყაროში და რეალობაში არაფერია აბსოლუტური და მუდმივი

მეცნიერების, ფილოსოფიის და ფსიქოლოგიის თეორიები ზოგჯერ არათანმიმდევრულია

რეალობისა და ფარდობითობის არსებობისთვის მნიშვნელოვანია დამკვირვებელი

ხალხმა დიდი ხანია იცოდა ფარდობითობა არამათემატიკური ფორმატით

შეხების გარეშე სწორი ხაზის შემცირების ამბავი ახალგაზრდა არ არის

რელიგიური ტექსტები და ფილოსოფია განსხვავებულად ხსნიდნენ ფარდობითობას

აინშტაინმა ეს თქვა კაცობრიობისა და მეცნიერებისთვის, განტოლებებისა და მათემატიკის საშუალებით

სიცოცხლე, სიკვდილი, აწმყო, წარსული, მომავალი ყველაფერი შედარებითია და ცნობილია ადამიანის ინსტინქტით

ფარდობითობის კონცეფცია ადამიანის ტვინთან და ცივილიზაციასთან არის ძირითადი ფაქტორი.

რა დრო

მართლაც არსებობს დრო ადამიანის ცხოვრების სფეროში?

ან უბრალოდ ადამიანის ტვინის ილუზიაა რეალობის გაგება?

არის თუ არა დროის ისარი, რომელიც სინათლის სიჩქარით მოძრაობს?

თუ წარსული, აწმყო და მომავალი მხოლოდ ცნებაა არსებობის ასახსნელად?

კოსმოსში არ არსებობს ერთიანი დრო და ყველგან დრო ფარდობითია

მატერია და ენერგია მხოლოდ რეალობაა, რომელიც ვლინდება ჭეშმარიტი გაგებით

ეჭვი ყოველთვის ეხება დროს, სულს და ღმერთის არსებობას

დროის გაზომვა შეიძლება იყოს თვითნებური, სიგრძისა და წონის ერთეულის მსგავსი

დროის ისარი წარსულიდან აწმყოდან მომავალამდე შეიძლება არ იყოს სწორი

დრო შეიძლება იყოს მხოლოდ ერთეული მატერია-ენერგიის გარდაქმნის, ზრდისა და დაშლის გასაზომად

რა არის დრო, დადასტურებით, მეცნიერ მეცნიერებიც კი ვერ იტყვიან.

დიდი ფიქრი

ხალხი ამბობს, იფიქრე დიდად, იფიქრე დიდად, შენ გახდები დიდი

მაგრამ რაც უფრო დიდს, დიდს და დიდს ვფიქრობ, საოცრად პატარა ვხდები

რელატივისტურ სამყაროში ჩემი არსებობა უმნიშვნელო ხდება

მე კი ჩემს ადგილას უმნიშვნელო ვარ, ეს არის ცხოვრების რეალობა

ჩემს ქალაქში, ჩემს რაიონში, ჩემს სახელმწიფოში და ჩემს ქვეყანაში უმნიშვნელოობა იზრდება

როცა მსოფლიო დონეზე ვხედავ, ჩემი არსებობაც კი არაფერი ხდება

მზის სისტემაში, გალაქტიკაში, რძიან გზასა და კოსმოსში, რა ვარ, პასუხი არ არის

ერთადერთი რეალობა ის არის, რომ მე ცოცხალი ვარ და ვარსებობ დღეს ჩემს სახლში ოჯახთან ერთად

არანაირი ღირებულება, არანაირი მნიშვნელობა, არანაირი აუცილებლობა არც მსოფლიოსთვის და არც კაცობრიობისთვის

ცალმხრივი უშედეგო მოგზაურობა, რომელსაც სიცოცხლე ჰქვია, ჩემი თავისებურად უნდა ვიპოვო

როდესაც მე დავასრულებ ჩემს მოგზაურობას, ხალხი გააგრძელებს ჩემს სხეულზე მოძრაობას

ჩვენ იმდენად პატარები ვართ და უხილავი ვართ რვა მილიარდს შორის, რა ვთქვა სიამაყით.

ბუნებამ ფასი გადაიხადა საკუთარი ევოლუციის პროცესისთვის

ბუნებამ მძიმე ფასი გადაიხადა ევოლუციის
პროცესისთვის

ცხოველებისთვის ჰომო-საპიენსის გამოჩენამდე არაფერი
იყო ილუზია

ხეები, ცოცხალი სამეფო ცხოვრობდა ბედნიერად,
გამოსავლის გარეშე

საკმარისი საკვების, კარგი წყლისა და ჰაერის მიღება მათი
კმაყოფილება იყო

ეკოლოგიურ ბალანსს აქვს თავისი სიტყვა ამ პროცესში და
არანაირი ფულადი ტრანზაქცია;

ადამიანის მოსვლამ ევოლუციის პროცესში ყველაფერი
შეცვალა

ბუნებას ყოველ წამს უწევს ბრძოლა, რათა შეინარჩუნოს
თავისი ძირითადი და დამაბალანსებელი საგნები

ადამიანმა კომფორტისთვის შეცვალა ბორცვები,
მდინარეები, ყურე, სანაპირო, სანაპირო ზოლები

მაგრამ დედა ბუნების შესანარჩუნებლად მისი ევოლუციის
ბალანსი, არასოდეს დაუჭიროთ მხარი

ცივილიზაციისა და პროგრესის სახელით ბუნებაში
ყველაფერს ამახინჯებს ადამიანი.

დედამიწის დღე

პლანეტა დედამიწა მშვენიერია და არა იმიტომ, რომ იგი შედგება ნახშირბადის, წყალბადისა და ჟანგბადისგან

ის ლამაზია ბუნების ევოლუციისა და ინტელექტის გამო

პატარა ატომებისგან სიცოცხლის შექმნა ჯერ კიდევ დიდი საიდუმლოა

არავინ იცის, არის თუ არა სიცოცხლე ფენომენი მხოლოდ ამ გალაქტიკის პლანეტაზე

ან სიცოცხლე სხვაგან მოვიდა ამ პლანეტაზე, როგორც მემკვიდრეობითი

ცხოვრების სილამაზე მის მრავალფეროვნებასა და ეკოსისტემაშია

ადამიანის მიერ მყიფე წონასწორობის განადგურება შესამჩნევია და არცთუ იშვიათად

ადამიანებს ჰგონიათ, რომ დაზვერვის ძალით დედამიწა მათი ფეოდია

სხვა სახეობებთან კოჰაბიტაციისთვის ჰომო-საპიენსს არ აქვს სიბრძნე

დედამიწის დღის აღნიშვნა რამდენიმე საათით არის ადამიანის თვალის დაბანა და შემთხვევითი მოქმედება.

წიგნის მსოფლიო დღე

სტამბა გარღვევა იყო

ისეთივე დიდი, როგორც კომპიუტერი, სმარტფონი და ინტერნეტი

პრესამ ცოდნის გავრცელებით შეცვალა ცივილიზაციის კურსი

წიგნები თანამედროვეობის ინტერნეტის მატარებელი იყო

წიგნებმა მნიშვნელოვანი როლი შეასრულეს ცოდნის გავრცელებაში, როგორც მზის სხივები;

ახალი ტექნოლოგიებით წიგნებზე უზარმაზარი ზეწოლაა

მაგრამ წიგნები უძლებს ყველა აუდიო-ვიზუალური საშუალების შემოტევას

ოცდამეერთე საუკუნეში ასევე, წიგნები პრემია საკუთრებაშია

წიგნების მნიშვნელობა შესაძლოა ციფრულ ფორმატში და ხელოვნურ ინტელექტზე გადავიდეს

მაგრამ ცივილიზაციისა და ცოდნის წინსვლისას წიგნები შეინარჩუნებენ პოზიციას.

მოდით ვიყოთ ბედნიერები გარდამავალ პერიოდში

როდესაც მზე ჩაქრება და ბირთვული შერწყმა სამუდამოდ დასრულდება

რას გააკეთებენ ხელოვნური ინტელექტის არსებები პლანეტა დედამიწაზე

მათი გახრწნა და დაცემაც ავტომატურად დაიწყება

როგორ დატენიან ხელოვნური ინტელექტის მქონე არსებები თავიანთ ბატარეებს მზის ენერგიის გარეშე

მცირე გადასახადის მისაღებად ისინი ქუჩის ძაღლივით დარბიან და მოშივდებიან

ადამიანი შეიძლება გადაშენდეს მზის ჩაქრობამდე დიდი ხნით ადრე

ხელოვნური ინტელექტის მქონე არსებებს მარტო უწევთ ფენომენის წინაშე დგომა და დაცინვა;

თუ რამდენიმე დიდი ასტეროიდი დედამიწას მზის ჩაქრობამდე დაეჯახა

განადგურება მოხდება ერთად, ადამიანი, ხელოვნური ინტელექტი და ყველა ცოცხალი არსება

ასტეროიდის დარტყმის შემდეგ ხელოვნური ხელოვნური არსებების გადარჩენა ასევე შორს არის

თავისი კურსით ბუნება კვლავ დაისვენებს

ახალი ცოცხალი ორგანიზმი კვლავ მოვა ევოლუციის გზით

უკეთესი ახალი სამყაროსთვის, ეს ნამდვილად იქნება ბუნების საუკეთესო გამოსავალი

სანამ ეს მოხდება, მოდი ვიხალისოთ და ვიყოთ ბედნიერები გარდამავალ პერიოდში.

დამკვირვებელი მნიშვნელოვანია

კვანტურ ჩახლართულობაში დამკვირვებელი ყველაზე მნიშვნელოვანია

ორმაგი ჭრილის ექსპერიმენტმა აჩვენა, რომ ელექტრონები განსხვავებულად იქცეოდნენ, თუ დაკვირვებით

რელატივისტურ და კვანტურ სამყაროში დამკვირვებლის გარეშე მოვლენას არანაირი მნიშვნელობა არ აქვს

ასე რომ, იყავი დამკვირვებელი და იგრძენი არსებობა და რეალობა, მე ვარ ჩემთვის ცენტრი

იგივე ეხება სახეობებს და მწერებს, რომლებიც ჭამენ ხეს

ჩემი ცნობიერების გარეშე, სამყარო არსებობს თუ არა, არამატერიალურია

ადამიანი ცნობიერების გარეშე, მიუხედავად იმისა, რომ ცოცხალია, ვერაფერს გავსინჯავთ

კვანტური ჩახლართულობის მიზეზი, დღემდე ვერც ერთი მეცნიერი ვერ ხსნის

მაგრამ სამყაროსა და კოსმოსში ყველაფერი ჩახლართულია უხილავი ჯაჭვით

გრავიტაციის, ელექტრომაგნიტიზმის, ბირთვული ძალების, მატერია-ენერგიის გაერთიანება შეიძლება იყოს ღმერთის ტვინი.

საკმარისი დრო

იესოს, მეფე სოლომონსა და ალექსანდრეს საკმარისი დრო ჰქონდათ

მათ ამ ხნის განმავლობაში ბევრს მიაღწიეს და დროულად დატოვეს კვალი

ადამიანების უმეტესობა ზედმეტად დაკავებულია ფასების რბოლით და დრო არ აქვს

ზოგიერთი ადამიანი ფიქრობს, რომ ისინი უკვდავები არიან და მომავალშიც ბევრს გააკეთებენ

ძალიან ცოტამ იცის, რომ უსასრულო დრო თავისებური ხასიათისაა

მეცნიერება ასევე ხანდახან აზნევს იმას, თუ რა არის დრო რეალურად ან რეალურად მოძრაობს

ან ის ჰგავს გრავიტაციულ ძალებს, სხვა განზომილების გადინების გარეშე

სივრცე, დრო, მატერია და ენერგია ყველა მნიშვნელოვანია, მაგრამ დრო თავისუფალია

მაგრამ ქალაქში თუნდაც პატარა ბინის შესაძენად, სოლიდური გადასახადი უნდა გადაიხადოთ

თქვენ უკვე გაქვთ დრო, იყოთ ვივეკანანდა, მოცარტი, რამანუჯანი ან ბრიუს ლი.

მარტოობა ყოველთვის ცუდი არ არის

ზოგჯერ შეგვიძლია უფრო ღრმად ვიფიქროთ მარტოობაში

ეს ხელს უწყობს გონების სისუფთავეზე კონცენტრირებას

არასასურველი ხალხმრავლობით გონება გრძნობს ძილიანობას

მაგრამ, ზოგიერთს, მარტოობამ შესაძლოა სიზარმაცეც მოიტანოს

რამდენიმეს მას შეუძლია მხედველობის დაბინდვაც გამოიწვიოს;

გამოიყენეთ მარტოობა, როგორც ინტროსპექციის ინსტრუმენტი

მედიტაციისთვის ასევე აუცილებელია მარტოობა

თუ თქვენ კონცენტრირდებით, ეს მოგცემთ გადაჭრის პრობლემებს

მარტო ყოფნისას არასოდეს სცადოთ რაიმე წამალი ან სედაცია

მეგობრებთან ერთად გასვლა უკეთესი წამალია

გამოიყენეთ მარტოობა კონცენტრირებისთვის და ახალი მიმართულებისთვის.

მე ხელოვნური ინტელექტის წინააღმდეგ

რაც ვიცი, ყველაფერი ჩემი ფუნდამენტური ცოდნა არ არის

არც ანბანი მომიგონია და არც რიცხვები

ენა, რომელიც მე ვიცი, არ არის შექმნილი ჩემი ტვინის ფუნქციებით

ცეცხლი, ბორბალი ან კომპიუტერი ასევე არ არის ჩემი გამოგონება

ყველაფერი, რაც შევიძინე, სხვებისგან მოვიდა

სოციალიზაცია ასევე აღებულია მამისგან, დედისგან და ახლობლებისგან

ჩემი ტვინი მხოლოდ ინფორმაციას ინახავს, როგორც კომპიუტერის მყარი დისკი

ჩემსა და ხელოვნური ინტელექტის ცოდნას შორის მხოლოდ ძალიან მცირე განსხვავებაა

უნიკალური განსხვავება ჩემი ცნობიერება და ორიგინალურობაა

და სიბრძნე მე შევაგროვე უწყვეტი პოზიტივის მეშვეობით.

ეთიკური კითხვა

პროგრესის ყოველ გზაჯვარედინზე ჩვენ ყოველთვის ვაყენებდით ეთიკის კითხვებს

იქნება ეს აბორტი თუ საცდელი ბავშვი თუ ახალი სიცოცხლის კლოუნი

არ არსებობდა ეთიკური პრობლემა ომებში ადამიანის მკვლელობაში წვრილმანი მიზეზების გამო

რელიგიის სახელით ათასობით ადამიანის დახოცვა არ არის ეთიკური პრობლემა

მაგრამ სამეცნიერო და ტექნიკური განვითარების გარღვევისთვის ეთიკა მოდის

მათი წინააღმდეგობებისა და არაეთიკური ქმედებების გამო, ყველა რელიგია მუნჯია

კომპიუტერები, რობოტები და ინტერნეტი ითვლებოდა სამუშაო ძალის საფრთხედ

მაგრამ საბოლოოდ, ეს ყველაფერი გახდა უფრო სწრაფი განვითარებისა და ეფექტურობის წყარო

ხელოვნური ინტელექტი და უკვდავება გენეტიკაში ახლა კითხვის ნიშნის ქვეშ დგას

ორი-სამი ათწლეულის შემდეგ, ყველა იტყვის, ხელოვნური ინტელექტი არ არის უსაფუძვლო.

მე არ ვიცი

სულ უფრო და უფრო სწრაფად ვმოძრაობ, არ ვიცი, რატომ ვმოძრაობ

მხოლოდ ის ვიცოდი, რომ ყოველ წუთს ვზერდები და დღითი დღე ვკვდები

არ ვიცი, საიდან მოვედი, რომ არ ვიცი და ახლა მივდივარ

შავი ყუთის შიგნით მე მაქვს შეზღუდული ცოდნა და ინფორმაცია

ყუთის მიღმა არავინ იცის რა ხდება სინამდვილეში

არც მეცნიერებას და არც რელიგიას არ გააჩნია რაიმე დამაჯერებელი მტკიცებულება

მაგრამ ცხოვრების ძირითადი ინსტინქტი მაიძულებდა უფრო და უფრო სწრაფად მემოქმედა

მოგზაურობა შეიძლება ნებისმიერ დროს შეწყდეს წინასწარი მითითების გარეშე

ან შეიძლება იძულებული გავხდე სამოცდაათი, ოთხმოცი ან ასი წლის განმავლობაში

მაგრამ საბოლოოდ, მოგზაურობა დასრულდება მარტოხელა სასაფლაოებში.

მე ვიცი, მე ვიყავი საუკეთესო ვირთხების რბოლაში

ვიცი, საუკეთესო მოცურავე ვიყავი და ოკეანე გადავკვეთე

მილიონებს შორის მე ვიყავი ყველაზე ძლიერი და ძლიერი

ასე რომ, დღეს, რბოლის ხალხის ეზოში, მე ვარ წარმატებული

ვირთხების რბოლა დაიწყო მანამ, სანამ ამ სამყაროში შუქს დავინახავდი

სწორედ ამიტომ, ვირთხების რასა ზოგადად არის ჩართული ადამიანის ნაკეცებში

ვინც ვირთხების რასის გარეთაა, ადამიანები არ ფიქრობენ თამამად

ვირთხების რბოლის გამარჯვებულების წარმატებული ისტორიები, ხალხი ამაყად ყვებოდა

მიუხედავად ამისა, არსებობს რამდენიმე განსხვავებული ისტორია, როგორიცაა ბუდა და იესო

ამიტომ ისინი სხვა კლასის ზეადამიანები არიან

ისინი არიან კაცობრიობის მესია და ვირთხების მრბოლელი მასისთვის.

შექმენი შენი მომავალი

არავინ აპირებს ჩემი მომავლის შექმნას
დღეს შრომით უნდა შევქმნა
თუმცა მომავალი გაურკვეველი და არაპროგნოზირებადია
ხვალინდელი დღის საფუძვლის შექმნა მარტივია
თუ დღეს ჩვენ ვიმუშავებთ ჩვენი მისიისა და მიზნისთვის
ხვალინდელი დღე უფრო მეტი შესაძლებლობებით მოდის
ხვალინდელი დღე ყოველთვის სჭირდება უწყვეტობას
ღმერთო უშველე მათ, ვინც საკუთარ თავს ეხმარება,
ვირტუალური არ არის
როდესაც მომავალი მოვა, თქვენ იგრძნობთ, რომ ეს რეალურია
ასე რომ, დღეს შექმენი შენი მომავალი მხიარულებითა და მონდომებით.

უგულებელყოფილი ზომები

როგორც ცოცხალი არსებები, ჩვენ უფრო მეტად გვაინტერესებს სინათლე, ხმა და სითბო

ნაკლებად აწუხებს ელექტრომაგნიტიზმი, გრავიტაცია, ძლიერი და სუსტი ბირთვული ძალები

ხალხი მზეს ლოცულობს, რადგან ის ენერგიის მთავარი წყაროა

მდინარეების და წვიმის ღმერთის თაყვანისცემით, ადამიანები აჩვენებენ მატერიის მნიშვნელობას

მაგრამ ყველა განზომილებას შორის სივრცე და დრო უფრო ბრტყელია

ფუნდამენტური ოთხი ძალა იყო პრიმიტიული ადამიანების გაგების მიღმა

წინააღმდეგ შემთხვევაში, მათი თაყვანისცემა და ლოცვა აქტუალური და უკეთესი იქნებოდა

კულტურების უმეტესობაში არსებობს ღმერთი და საკითხთა და ენერგიის ქალღმერთი

მიუხედავად ამისა, არ არსებობს ღმერთი ან ქალღმერთი სივრცისა და დროის ყველაზე მნიშვნელოვანი განზომილებისთვის

მიუხედავად იმისა, რომ ცოცხალი არსებების არსებობისთვის, ორივე განზომილება მთავარია.

ჩვენ გვახსოვს

ჩვენ გვახსოვს ცხოვრების ყველა ცუდი შემთხვევა

ამ საკითხში ადამიანები უკეთესები და ექსპერტები არიან

ძალიან ცოტას ამჩნევს ჩვენი კარგი თვისებები და სათნოებები

ჩვენ თვითონაც კი დავივიწყეთ კარგი მოგონებები

მეხსიერება უფრო დაკავებულია ძველი ტრაგედიების გახსენებით

ადამიანები ასევე არ აფასებენ სხვებს ეჭვიანობის გამო

ასე რომ, წარმატებული მეზობლების ცოდნა და სწავლა არ არის ცნობისმოყვარეობა

მაგრამ სხვა ადამიანების შეცდომით ჩვენ აღფრთოვანებული გავხდით

ცუდი ამბები ძალიან სწრაფად და ხალისიანად გაავრცელეს ხალხმა

არასოდეს მინახავს ადამიანი, რომელიც ჭორაობს სხვის თვისებებზე

ადამიანის გონება ყოველთვის მიდრეკილია წარსული შეუსაბამობების დასაბრუნებლად

ცუდის და ცუდი მოგონებების დატოვება რთული ამოცანაა

ბედნიერებისთვის, სიმშვიდისთვის და წარმატებისთვის აუცილებელია ცუდი მოგონებების წაშლა.

თავისუფალი ნება

მაშინაც კი, თუ რაიმეს ვმოქმედებთ შეგნებული გონებით და თავისუფალი ნებით

შედეგი ან შედეგი გაურკვეველია და შეიძლება არ იყოს სასურველი

ამიტომაც ინდუიზმი ამბობს, რომ არასოდეს მოელოდე შრომის ნაყოფს

უბრალოდ გააკეთე ეს თავისუფალი ნებით და ეფექტურად ერთგულებით

კონკრეტული შედეგის მოლოდინი აქვეითებს თავისუფალი ნების გარჩევადობას;

შეიძლება იყოს ცდუნება ნაყოფისთვის, სანამ ხეს დარგავ

მაგრამ დარგვის ნება და სურვილი უნდა იყოს შეგნებული და თავისუფალი

თუ ძალიან ბევრს ფიქრობთ ქარიშხლებზე, რომლებმაც შეიძლება გაანადგურონ ნერგი

საკუთარი გაურკვეველი ცხოვრების გათვალისწინებით, თქვენი გონება დაჯდება, რომ შეაჩეროს თხრა

თუნდაც, თავისუფალ ნებას ასევე მართავს გაურკვევლობა, რომელიც იმალება

ხან ბედს ვუწოდებთ, ხან ბედისწერას

მაგრამ მოქმედებისა და მუშაობის გარეშე, დამარცხებას დარწმუნებით იღებთ.

ხვალინდელი დღე მხოლოდ იმედია

არავინ იცის რა იქნება ხვალ

თუ ცოცხალი არ ვარ, რამდენიმე სახე მწუხარებას გამოხატავს

სხვები განაგრძობენ მშვიდად დასვენებას

საკუთარი სისხლის გარდა, არავინ გამოტოვებს

ცხოვრების რეალობა ძალიან მარტივი და ნათელია

მოკვდე და დამშვიდობო, ნუ გეშინია

სიცოცხლის საბოლოო საჩუქარი არ არის სიმდიდრე, არამედ სიკვდილი

ერთ დღეს ყველა ჩემი მეგობარი და ცნობილი მოკვდება

მათი სამუდამოდ გადარჩენა, თქვენი მცდელობა უშედეგო იქნება

დაბადების დროს, სიმართლის გაცნობიერებით, ბავშვი ტირის.

დაბადება და სიკვდილი მოვლენათა ჰორიზონტზე

ჩემი დაბადების დღე არ იყო მოვლენა მსოფლიოში, გალაქტიკებზე არ ვილაპარაკო

ბუდას, იესოს, მუჰამედის დაბადებაც კი არ ყოფილა დაბადებისას

ჩემი სიკვდილიც ისეთივე უმნიშვნელო იქნება, როგორც ჩემი დაბადება

არც ასამი, ინდოეთი, აზია გაჩერდება და არც ამერიკა შენელდება

დიანას და ბრიტანული გვირგვინების გარდაცვალების შემდეგ სამყაროც კი მიდის ჩვეულ რეჟიმში

არ ვნანობ ჩემს დაბადებას და არც სიკვდილს ვნანობ

ოკეანის ტალღების მსგავსად, ჩვენ მოვედით და მივდივართ რამდენიმე წუთის შემდეგ

ბილიკები, ნაკვალევი რჩება მხოლოდ საყვარელი ადამიანების გონებაში

იქ, სადაც ეს დამკვირვებლებიც მიდიან, არ არსებობს მოვლენათა ჰორიზონტზე

ნუ იმედოვნებთ, რომ კვანტური და პარალელური სამყარო სიცოცხლეს უკეთეს წარმოდგენას მისცემს

საბოლოო თამაში

მე გავიგე დიდი აფეთქების ყველაზე დიდი ხმა და ყველაზე კაშკაშა შუქი

ეს იყო ახალი ცხოვრების დასაწყისი, ატირებული ბავშვის დაბადება

დამკვირვებელი მნიშვნელოვანია, როგორც დადასტურდა ორმაგი ჭრილის ექსპერიმენტი

დამკვირვებლების არსებობის გარეშე ახალშობილისთვის დიდი ბანგი არ არის შესაბამისი

ახალშობილის დაბადება დედისთვის ისეთივე მნიშვნელოვანია, როგორც დიდი აფეთქება

„ბავშვი კაცის მამაა" უფრო პოპულარულია ყველგან

Big-Bang-ის ახსნა არასოდეს იქნებოდა დამკვირვებლის გარეშე

ყველა თეორიას თუ ჰიპოთეზას უნდა არსებობდეს დამკვირვებელი მამა

მატერიის ენერგიის გარდაქმნა და პირიქით დაიწყო ჰომო საპიენსის მოსვლამდე

ერთი ფორმიდან მეორეში გადაქცევა ბუნების საბოლოო თამაშია.

დრო, იდუმალი ილუზია

წარსული და მომავალი ყოველთვის ილუზიაა
წარსული სხვა არაფერია, თუ არა დროის განზავება
მომავალი მხოლოდ დროის მოლოდინია
აწმყო მხოლოდ ჩვენთანაა გადასაწყვეტად
თუ ჩვენ არ ვიმოქმედებთ, ის გაქრება ინტიმაციის გარეშე;
დროს არ აქვს იმპულსი, როცა წარსულს ვუყურებთ
თუმცა წარსულის დომენი და ისტორია ძალიან დიდია
ჩვენ ვერ ვუყურებთ მომავალს, მაშ როგორ შეიძლება იყოს იმპულსი
დღევანდელი მომენტი მხოლოდ ჩვენს ხელშია, ყოველთვის ოპტიმალური
წარსულს, აწმყოსა და მომავალს ჩვენ ვაკვირდებით ნაწილაკების კვანტის მეშვეობით.

ღმერთი არ ეწინააღმდეგება თვით ნებას

ერის, რელიგიის სახელით მკვლელობა არ ითვლება დანაშაულად ან ცოდვად

მაშინ როგორ შეიძლება ეწოდოს ცუდი რელიგიის სახელით თავის მოკვლა

არ არსებობს მტკიცებულება იმისა, რომ ადამიანები, ვინც თვითმკვლელობას სჩადიან, ცოდვილია

ვინმესთვის ტკივილისა და უბედურებისგან თავის დაღწევა შეიძლება მომგებიანი იყოს

როდესაც იესო ჯვარს აცვეს, ის ლოცულობდა უმეცარი ხალხისთვის

ტკივილისა და უბედურების გამო თუ წახვალ სამყაროდან, არ უნდა იყოს უბედურება

სიკვდილის შემდეგ ეს სამყარო მკვდრებისთვის არამატერიალურია

მხოლოდ ზოგჯერ ახლობლები და ახლობლები იქნებიან მოწყენილი

თუ მკვლელობა თავდაცვის მიზნით არ ითვლება დანაშაულად

საკუთარი თავის მოკვლა ტკივილისა და უბედურებისგან თავის დასაცავად კარგი უნდა იყოს

ჩვენ არ შეგვიძლია სიკვდილის გაზომვა სხვადასხვა საზომით მოხერხებულობისთვის

თუ მოწიფული ზრდასრული მოკვდება საკუთარი ნებით, ღმერთს წინააღმდეგობის მიზეზი არ აქვს.

კარგი და ცუდი

აუცილებლობა გამოგონების დედაა

ყოველი გამოგონებისას არის სიფრთხილე

სიარული და სირბილი კარგია ჯანმრთელობისთვის

სპორტდარბაზების მეშვეობით ზოგიერთი ადამიანი სიმდიდრეს ქმნის

ველოსიპედი მოვიდა ცივილიზაციაში უფრო სწრაფად გადაადგილებისთვის

ხალხს გაუკვირდა, როგორ მოძრაობს ის ორ ბორბალზე

მოკლე დროში ველოსიპედები საოცრად არ დარჩენილა

მეცხრამეტე საუკუნეში ველოსიპედის ქონა სიამაყე იყო

დღესდღეობით ველოსიპედი მამაკაცების ცუდ ტარებად ითვლება

მოტომანქანამ და მოტოციკლმა ველოსიპედი უკანა სცენაზე აიყვანა

მაგრამ როგორც ჯანსაღი სატრანსპორტო საშუალება, მისი პოზიცია, ველოსიპედი მაინც ახერხებს

არც საწვავი, არც დაბინძურება, არც პარკინგი საჭირო

ხალხმრავალ ადგილებში ახლა ისევ წახალისებულია ველოსიპედი

ნახშირბადის ნულოვანი ემისიით, ეს იყო დიდი გამოგონება კაცობრიობისთვის

ველოსიპედის ნეტი გამოყენება ხელს შეუწყობს ჰაერის ხარისხის გაუმჯობესებას

პლასტმასი კარგია მსუბუქი წონის გამო და ის არამტვრევია

მაგრამ ბუნებაში, პლასტმასი და პოლიეთილენი არ არის ბიოდეგრადირებადი

პოლიეთილენმა და პლასტმასმა ბუნებრივ წყლის ობიექტებს სავალალო გახადა

ზღვის ცხოველების კუჭში პოლიეთილენის აღმოჩენა საშინელებაა

მინა კარგია, მაგრამ მყიფე და მოცულობითი სატარებლად

ამიტომ პლასტმასს შეეძლო მარტივად მოეპარა ამბავი

სწრაფი კვება ცუდია, მაგრამ პოლიეთილენის გარეშე ის ვერ მოძრაობს

პლასტმასის გარეშე, თვითმფრინავების და ავტომობილების ინდუსტრიას იმედი არ აქვს

პოლიეთილენმა და პლასტმასმა მოგვაწოდეს იაფი ხელთათმანები Covid19 პერიოდში

წინააღმდეგ შემთხვევაში, სიკვდილი სხვა რეკორდს მოახდენდა

ყოველი გამოგონებისა და აღმოჩენის ორი მხარე კარგი და ცუდი

გონივრული მიდგომა და ოპტიმალური გამოყენება გარდაუვალი აუცილებლობაა.

ხალხი აფასებს მხოლოდ რამდენიმე კატეგორიას

ვერავინ გიცნობს, თუ კარგი მომღერალი არ ხარ

თქვენ არ იქნებით ცნობილი, გარდა იმ შემთხვევისა, როდესაც მსახიობი ან შემსრულებელი არ ხართ

ხალხი არ მოუსმენს შენს კარგ აზრს, თუ პოლიტიკოსი არ ხარ

ვიღაცები წავა და გნახავს თუ მაგი ხარ

თუნდაც ღმერთის და რელიგიის სახელით ატყუებ ხალხს, შენ დიდი ხარ

არავითარი აღიარება შრომისმოყვარეობისა და პატიოსნების გამო, რომელსაც დადებთ

დაგაფასებენ, თუ უკეთესად შეძლებ ფეხბურთის ან კრიკეტის თამაშს

კარგი ავტორები და პოეტები, რამდენიმე სტუდიოს ადამიანს მხოლოდ ახსოვს

მაშინაც კი, თუ მთელი ცხოვრება ადამიანებზე მუშაობდა, ამას მნიშვნელობა არ აქვს

ერთ მშვენიერ დღეს მოკვდები, როგორც შრომისმოყვარე თაფლის ფუტკარი

ხანდახან შეიძლება ცხოვრების პარტნიორსაც არ ახსოვდეს.

ტექნოლოგია უკეთესი ხვალინდელი დღისთვის

ტექნოლოგია ყოველთვის უკეთესი ხვალინდელი დღისა და მომავლისთვისაა

რელიგიასთან ერთად ტექნოლოგია კულტურასაც აყალიბებს

რელიგია, კულტურა, ტექნოლოგია და ეკონომიკა ახლა კოლოიდური ნაზავია

ტექნოლოგიების გარეშე, ცივილიზაციის სტრუქტურა ძალიან სუსტი იქნება

კაცობრიობის წინსვლა შეუძლებელი იქნება შემდგომი წინსვლა

თუმცა, ტექნოლოგია ყოველთვის ორმაგილესიანი ხმალია

ზოგიერთ წინადადებას აქვს ორმაგი მნიშვნელობა, კარგი ან ცუდი, როგორც ჩვენ განვმარტავთ სიტყვას

იარაღი, დინამიტი, ბირთვული ბომბები დადასტურდა, რომ ტექნოლოგია შეიძლება საშიში იყოს

მმართველები და მეფეები ყოველთვის ბოროტად იყენებდნენ მათ, რომ გაბრაზდნენ

რაციონალურობა და სიბრძნე, ადამიანმა უნდა ისწავლოს ტექნოლოგიების მართვა

მაგრამ დღემდე ადამიანის დნმ-მა შეიძინა ეგო და ჩხუბის მენტალიტეტი

ტექნოლოგიის გამოყენება ეგოს დასაკმაყოფილებლად, ეჭვიანობა, სიხარბე მთლიანად გაანადგურებს ცივილიზაციას.

ხელოვნური და ბუნებრივი ინტელექტის შერწყმა

ხელოვნური ინტელექტის შერწყმა ბიოლოგიურ ინტელექტთან შეიძლება საშიში იყოს

კაცობრიობისთვის, ხელოვნური ინტელექტის საშუალებით ცნობიერების მოპოვება მომავალში შეიძლება სერიოზული შედეგები მოჰყვეს

ბიომრავალფეროვნებისთვის ბუნებრივი ინტელექტის შენარჩუნება ძვირფასია

ხელოვნური და ბუნებრივი ინტელექტის შერწყმა შეცვლის ევოლუციის გზას

განადგურების პროცესი დაჩქარდება და მაშინ გამოსავალი არ იქნება;

ხელოვნური ინტელექტი ვერ შეძლებს ომის, ძალადობის ან უთანასწორობის აღმოფხვრას

შერწყმის პროცესში ხელოვნური ინტელექტი შეიძენს ყველა ცუდ თვისებას

რობოტი ეჭვიანობით, სიძულვილით, ეგოით და ნეგატიური დამოკიდებულებით არ იქნება ძვირფასი

AI-ის სხვადასხვა კლონებს შორის კონფლიქტების საბოლოო შედეგი აშკარაა

ბირთვული ბომბების გამოყენება შესაძლოა უზენაესობის დღის წესრიგად იქცეს

გთხოვთ, შეაჩეროთ ხელოვნური და ბუნებრივი ინტელექტის შერწყმა იურიდიული შესაძლებლობების მეშვეობით.

სხვა პლანეტაზე

შენი ცხოვრება იწყება სამოცი წლის ასაკში, მაგრამ სხვა პლანეტაზე

შენს მიმართ გახდი უფრო სუსტი ოჯახის მაგნიტი

გრავიტაციული ძალა ძლიერდება, ასე რომ თქვენ არ შეგიძლიათ მაღლა გადახტომა

სირბილისას ყელი სწრაფად იშრება

ხეზე ასვლა და ვაშლის მოჭრა, არ უნდა სცადოთ

სუსტი მაგნიტური ძალის გამო ენერგიის მოთხოვნილება ნაკლებია

ასე რომ, თქვენი საკვების მიღება და მაღალკალორიული მასალები მცირდება

როცა ხვდები ახალგაზრდა ბიჭებს ყურ-ცხვირის რგოლებით

შენი ძველი კარგი ახალგაზრდული დღეები, შენი მეხსიერება მოაქვს

არავის სურს მოისმინოს თქვენი სიბრძნე და კარგი ისტორიები

რვეულში იწყებ შენი ტკბილი მოგონებების წერას

თქვენს Facebook პროფილს მხოლოდ თქვენი მეგობრები ეწვევიან

იმიტომ, რომ შენსავით, ისინიც იგივე ტენდენციების წინაშე დგანან

პლანეტა, რომელშიც თქვენ ცხოვრობთ, სამოცი წლის შემდეგ სხვანაირი ხდება

არავითარ შემთხვევაში არ შეადაროთ, თქვენს ცხოვრებას ოცი წლის ასაკში, არ არსებობს თანასწორობა.

დესტრუქციული ინსტინქტი

დამღუპველი ინსტინქტით სავსე ადამიანური ჭკუიდან

ახლომდებარე კლანის ან ტომების განადგურება და მოკვლა გადარჩენის ტაქტიკა იყო

დამპყრობელი ჯარი ყოველთვის ცდილობდა განადგურების მაქსიმიზაციას

ასე რომ, დამარცხებული ხალხი თავის დროზე შიმშილით იღუპება

ომი, მკვლელობა, მონობა კაცობრიობის ცივილიზაციის განუყოფელი ნაწილი იყო;

მეზობლებზე უფრო ძლიერი გახდომა ჯერ კიდევ ჩვეულებრივია

უპირატესობის კომპლექსის ეგო ყოველთვის ათავისუფლებს ომის შხამს

თუმცა ადამიანის გონება საკმარისად პროგრესირებდა ხელოვნური ინტელექტის შესაქმნელად

მათ ჯერ კიდევ არ შეუძლიათ დესტრუქციულ მენტალიტეტზე უარის თქმა მშვიდობით

იგივე მენტალიტეტი, ერთ დღეს, მათი შემოქმედება AI შეეცდება

ადამიანური ცივილიზაცია, სამუდამოდ, ამ პლანეტიდან მოკვდება.

მსუქანი ხალხი ახალგაზრდა კვდება

სუმოისტები დიდხანს არ ცოცხლობენ, რადგან მოცულობები არიან

დიდი ვარსკვლავები ასევე ვერ ცოცხლობენ მალიან დიდხანს, რადგან ისინი მძიმეა

ისინი იშლება საკუთარი გრავიტაციული ძალის გამო, რომელიც მიზიდავს შიგნით

გრავიტაციული კოლაფსი აიძულებს ვარსკვლავთშორის მატერიას აანთოს შერწყმა

ახლა ზოგიერთი მეცნიერი ამბობს, რომ სამყარო სხვა არაფერია, თუ არა ილუზია

რატომ და რა მიზნით მოვიდნენ ცოცხალი არსებები, გამოსავალი არ არის

ღმერთის ნაწილაკი და ღმერთის განტოლება ჯერ კიდევ შორეული ოცნებაა

ღმერთის არსებობის დადგენა მაშინაც კი, თუ ღმერთი არსებობს, ძალიან რთულია

ჩვენი არსებობა რაღაც ან არაფრისთვის მოვიდა, უბრალოდ ალბათობაა

კარგი ის არის, რომ ფუნდამენტური ძალები არ აკეთებენ მიკერძოებულობას.

Multitasking არ არის განკურნება

სმარტფონს შეუძლია ამდენი აქტივობის შესრულება, მაგრამ ის არ არის ცოცხალი არსება

ხეს შეუძლია გააკეთოს მხოლოდ ერთი რამ, რომელსაც ეწოდება ფოტოსინთეზი, მაგრამ ის ცოცხალი არსებაა

მხოლოდ მრავალ დავალების შესრულებას არ შეუძლია ვინმეს ან რაიმეს არსებობისთვის უპირატესი გახადოს

ხე არის საკვებისა და ჟანგბადის ერთადერთი წყარო, მაგრამ ხეების ჭრის წინააღმდეგ, წინააღმდეგობა არ არის

ყოველწლიურად მილიონობით ხე იჭრებოდა სასოფლო-სამეურნეო და საცხოვრებელი მიზნებისთვის

მაგრამ მეცნიერებმა არ შესთავაზეს ქლოროფილის ალტერნატიული წყარო საკვების წარმოებისთვის

სემინარებსა და ვორქშოფებში ხეების ჭრის პრობლემა ჭკვიანურად განიხილება

შედეგად, უფრო და უფრო მეტი უბედურება, ბუნება ნელ-ნელა დააწესებს

გლობალური დათბობა ვერც სმარტფონებს და ვერც ხელოვნურ ინტელექტს ვერ შეამცირებს

განადგურებული ტყის შესავსებად, ადამიანმა სულ უფრო მეტი ნერგი უნდა აწარმოოს.

უკვდავი კაცი

ცხოველები ვერ აცნობიერებენ და გრძნობენ, რომ მოკვდავები არიან

მათი ინსტინქტები იმდენად ცხოველური ინსტინქტია, რომ აკმაყოფილებდეს ორგანოებს

ადამიანების უმეტესობამ ასევე არ იცის, რომ ისინი მოკვდავია

ამიტომ არის ხალხი ხარბი, კორუმპირებული და ომის მემამულე

სოციალურად ცხოვრების ძირითადი მიზანი ახლა უფრო სუსტი გახდა

დღესდღეობით ნაკლები ადამიანია, ვინც შიმშილით კვდება

ახლა უფრო და უფრო მეტი ადამიანი იღუპება ძალადობისა და ომის გამო

თითქოს ძირითად საბრძოლო ინსტინქტს უზენაესი ცხოველიც ემორჩილება

ძაღლებისა და კატების მსგავსად, ადამიანებიც ხდებიან შეუწყნარებლები მეზობლის მიმართ

თუ ხალხი არ გააცნობიერებს, რომ ის მოკვდავია და სამყაროში შეზღუდული დროით

ის ყოველთვის დარჩება ეგოისტი, გაუმაძღარი და მისთვის დანაშაული კარგია

კაუჭით ან თაღლითობით ადამიანი ცდილობს სიმდიდრის შეძენას ათასობით წლის განმავლობაში

ის ასევე ძალიან ცდილობდა დაეცვა თავისი ფიზიკური სხეული, როგორც ეს ძალიან ძვირფასია

როდესაც ის კვდება, თუნდაც იმ მომენტში, ადამიანების უმეტესობა არ აცნობიერებს სიმართლეს

ფუტკრის ფუტკარივით ეცემა და კვდება და სხვის საკვებს თაფლს ტოვებს.

უცნაური განზომილება

დროის განზომილება მართლაც უცნაურია
მხოლოდ ფარდობითობას შეუძლია შეიცვალოს
უსაქმურს და წარუმატებელს დრო არ აქვს
წარმატებულისთვის, ოცდაოთხი საათი კარგია
ვინც ფიქრობს, რომ არასოდეს მოკვდება, ყოველთვის დეფიციტშია
მაგრამ ვინ ფიქრობს, მე შეიძლება მოვკვდე ამაღამ ბევრი მაქვს მათ შესანახად
დრო არასოდეს განასხვავებს მდიდარსა და ღარიბს შორის
კასტა, სარწმუნოება, რელიგია არაფერს აქვს მნიშვნელობა დროის ბირთვში
ყველასთვის დროის სიჩქარე თანაბარი და ერთნაირია
იმისთვის, რომ დროულად შეინარჩუნო კვალი, დროულად უნდა ითამაშო.

ცხოვრება უწყვეტი ბრძოლაა

ცხოვრება ყოველთვის ბრძოლის უწყვეტი გზაა

ყოველ წუთს ჩვენ უბედურების წინაშე ვდგავართ

დაბრკოლებები შეიძლება იყოს პატარა, დიდი ან საშინელი

ზეწოლის ქვეშ დარჩით მყარად და არ დაიკეცოთ

თუ ბრძოლას შეწყვეტ, ნანგრევები გახდები

საჭიროების შემთხვევაში, გადადით უკან და დრიბლინგით

შემდეგ მომენტში, თქვენ ნახავთ თქვენს პროგრესს

გაბედულად შეხვდი ყოველგვარ უბედურებას, მაგრამ იყავი თავმდაბალი

თავდაჯერებულობით, პრობლემის დაძლევის უნარი გაორმაგდება

არასოდეს დაივიწყო, ცხოვრება ჰაერის ბუშტივით ძალიან ხანმოკლეა.

იფრინეთ მაღლა და მაღლა, იგრძენით რეალობა

როცა ვუყურებთ, ცის ზემოთ

დიდი სახლები სულ უფრო და უფრო პატარა ხდება

ადამიანები ბაქტერიებივით უხილავი ხდებიან

მაგრამ ისინი არსებობენ ისეთი, როგორიც არის, როდესაც ჩვენ დავიწყეთ ფრენა

ჩვენ ჯერ კიდევ შეგვიძლია დავინახოთ ისინი, რომლებიც იყენებენ მძლავრ ტელესკოპს

მხოლოდ ჩვენი პოზიცია შედარებითია კოსმოსური ხომალდიდან

დიდი სიმაღლიდან საგნების იგნორირება ადვილია გონებისთვის

გააფართოვეთ თქვენი გონება უფრო მაღალ დონეზე, გააფართოვეთ იგი

წვრილმან და წვრილმანს ვერასდროს შეხვდებით

ნეგატიური ხალხი, არასოდეს მოვლენ მისალმებაზე

გაფართოებული და გაძლიერებული გონებით უბრალოდ იფრინეთ

და სცადეთ ნექტარი ყვავილიდან ყვავილამდე შეაგროვოთ

ისიამოვნეთ ვარდების, ჟასმინის და სხვათა სურნელებით

ერთ მშვენიერ დღეს, თორემ ასევე, მოკვდები, ყველაფერს დაიცავ

მაშ, რატომ არ იფრინოთ და იფრინოთ და დატკბეთ თაფლით, სამყარო თქვენია.

გაუმკლავდეს ცხოვრებაში

ცხოვრების გასამკლავებლად, თმის გაცრისფერება საკმარისი არ არის

ხანდაზმულებისთვის თანამედროვე ტექნოლოგია რთულია

დღევანდელი ტექნოლოგია მეორე დღესვე მოძველდება

რა იქნება მომავალ თვეში, ტექნოლოგიც კი ვერ გეტყვით

ადამიანის ტვინს აქვს შეზღუდული შესაძლებლობები, აღიქვას მონაცემები და შეინახოს

ადამიანის დნმ-ის ცოდნა ევოლუციური ჯაჭვის მეშვეობით მოდის

რობოტის მსგავსად, ადამიანის ტვინში დაზვერვის დაყენება შეუძლებელია

დიდი დრო და მოთმინებაა საჭირო, ბავშვმა სწორად ივარჯიშოს

თუ ხელოვნური ინტელექტი შერწყმულია ცნობიერებასთან და ემოციასთან

ბიოლოგიური გაუმჯობესებისა და ევოლუციის მიზანი არ იქნება

ამან შეიძლება გამოიწვიოს ადამიანის ტვინის ნელი დაშლა და კაცობრიობის დეგრადაცია

იმისათვის, რომ ადამიანის ცხოვრება უფრო კომფორტული გახდეს, ხელოვნური ინტელექტი შესაძლოა არ იყოს საუკეთესო გამოსავალი.

ჩვენ მხოლოდ ატომების გროვა ვართ?

ვართ თუ არა პროტონების, ნეიტრონების, ელექტრონების და ზოგიერთი ელემენტარული ნაწილაკების გროვა?

კლდეები, ზღვები, ოკეანე, ღრუბლები, ხეები და სხვა ცხოველები ასევე უბრალოდ გროვაა

მაშინ რატომ ეძლევა ზოგიერთ გროვას სუნთქვა, სიცოცხლე და ცნობიერება

ატომების იმავე კომბინაციაში ზოგიერთი სიცოცხლე უდანაშაულოა და ზოგიერთი საშიში;

არანაირი პასუხი, არც ღმერთის ნაწილაკისგან, არც ორმაგი ჭრილის ექსპერიმენტიდან

რატომ და როგორ არის ჩახლართული ორი ნაწილაკი, თუნდაც მილიარდობით მილით დაშორებული

მხოლოდ ატომების კომბინაციების კუმულაციურ ეფექტებს ვაკვირდებით?

მაგრამ მაინც სიბნელეში მივდივართ ფუნდამენტურ კითხვასთან დაკავშირებით

ყოვლისშემძლე შეიძლება იყოს გალიაში და გადაასახლოს მეცნიერებამ, მხოლოდ მაშინ, როდესაც ისინი სრულყოფილ გადაწყვეტას მოგვცემენ.

დრო არის დაშლა ან პროგრესი არსებობის გარეშე

დრო სხვა არაფერია, თუ არა დაშლის ან პროგრესის უწყვეტი პროცესი

თავისთავად დროს არ აქვს არსებობა და არც რაიმეს ფლობა შეუძლია დროს

დრო შეიძლება არ მიედინება წარსულიდან აწმყოში მომავლისკენ

დროის ასე გაგება ჩვენი ტვინი ბუნებაა

კუს სამასი წლის გავლის შემდეგაც არ იცის წარსული

მომავლისთვის, ორასი წლის ვეშაპი არასოდეს გეგმავს და არ წარმოადგენს ნდობას

დროის გაზომვა შედარებითი პროცესია დაშლის ნელი პროცესის დასადგენად

მაგრამ მილიონობით წლის განმავლობაში მთა და ოკეანეები მყარად რჩება

ადამიანის ტვინი ვერ იგებს დროს ას ოცი წლის შემდეგ

დრო არ მიედინება, მაგრამ გაფუჭების, ჩვენი გონების მხოლოდ ეშინია: დღეს ვიხალისოთ.

ფარაონები

ეგვიპტის ფარაონები ბრძენი და რეალისტები იყვნენ

მათ კარგად იცოდნენ, რომ ნებისმიერ მომენტში ცხოვრება შეიძლება სტატიკური გახდეს

ფარაონებმა დაიწყეს პირამიდის აშენება კორონაციისთანავე

მათთვის უკვდავების მცდელობა არ არის პრაქტიკული გამოსავალი

ისინი არასოდეს ელიან, რომ საყვარელი ადამიანი ძეგლს ააშენებს

სიცოცხლის განმავლობაში საკუთარი საფლავის აშენება უფრო აქტუალურია

ინდოეთში ასევე, ძველ დროში, მოხუცები მიდიან ჰიმალაის მთებში სიკვდილის დასახვედრად

მაჰაბჰარატას ომში გამარჯვების შემდეგ, პანდავები იმავე გზას გაუყვნენ

ბევრი ბრძენი ცდილობდა სხვადასხვა ხრიკს და საშუალებას, რომ ყოფილიყო უკვდავი

მაგრამ გააცნობიერა რეალობა, სიკვდილი საბოლოო ჭეშმარიტებაა და რაციონალურად მოიქცა.

მარტოხელა პლანეტა

ჩვენი საყვარელი დედამიწა არის მარტოხელა პლანეტა მზის სისტემაში

ვარგისია საცხოვრებლად და ბიოლოგიური სიცოცხლისთვის ჟანგბადით

მილიონობით წლის ევოლუციამ გაგვაჩინა ცნობიერების მქონე ადამიანები

მაგრამ მარტოხელა პლანეტაზე ადამიანებისთვის არის მარტოობა

დედამიწაზე შეიძლება იყოს რვა მილიარდი ცოცხალი ჰომო საპიენსი

ადამიანები მარტოხელა ცხოვრებაში, მაშინაც კი, როცა გახდებიან მდიდარი და ჭკვიანი

ჩვენ ვართ სოციალური ცხოველი, რომელსაც ყოველთვის ვამტკიცებთ, მაგრამ სინამდვილეში ეგოიზმი თამაშია

სიხარბემ, ეგოსმა და გონების უპირატესობის კომპლექსმა გვაიძულებდა მარტოსულიყო

ყველამ ასევე იცის, რომ მარტო მოუწევს ბოლო მოგზაურობის გავლა.

რატომ გვჭირდება ომი?

რატომ გვჭირდება ომი თანამედროვე დროში

კომუნიზმი უკვე თითქმის მკვდარია

რასობრივი დისკრიმინაცია ნელდება

ბუნების დაბინძურება და განადგურება პიკს აღწევს

ტექნოლოგია აერთიანებს ყველა რასისა და რელიგიის ადამიანებს

მაგრამ დესტრუქციული აზროვნების გამო ცივილიზაციის მომავალი ბნელია

მეომრების ადამიანის დნმ ყოველთვის ლიდერობს

ადამიანის ორგანიზმში მშვიდობის დამფუძნებელი დნმ ძალიან სუსტია

ვერც ღმერთმა და ვერც მეცნიერებამ ვერ შეაჩერეს ომი და მკვლელობა

განვითარებული ქვეყნები კვლავ იარაღის გაყიდვით არიან დაკავებულნი

ღარიბი და სულელი ერები იქცევიან ბრძოლის ველად

ყოველ წამს არის ბირთვული ბომბის ყველაზე დიდი ჭრილობის შიში.

უარი თქვით მუდმივ მსოფლიო მშვიდობაზე

ათასობით წლის წინ მან გვასწავლა არაძალადობა

მან გააცნობიერა მშვიდობისა და დუმილის მნიშვნელობა

მაგრამ, როგორც ბუდას მიმდევრები, ჩვენ განვაგრძეთ ძალადობა

იესომ შესწირა სიცოცხლე, რათა შეეჩერებინა მკვლელობები და სისასტიკე

მისი სწავლებებიც ახლა ჩუმად იშლება ჩვენი ღირებულებებიდან

ტექნოლოგიამ ასევე ვერ შეძლო ადამიანების სამუდამოდ ინტეგრირება

მუდმივი მშვიდობა და ძმობა ჯერ კიდევ შორეული ოცნებაა

ძალადობის დაწყება კასტის, რასისა და რელიგიის მიმართ, ყველას სურს

კვანტურმა ჩახლართულობამ ვერ ახსნა, სიძულვილი, სიხარბე, ეჭვიანობა და ეგო

თუ გადაწყვეტა არ მოდის ტექნოლოგიებიდან, მუდმივი მშვიდობის სამყარომ უარი უნდა თქვას.

დაკარგული რგოლი

არ შეიძლება ნამცხვრის ჭამა და ისიც

ეს ეწინააღმდეგება ბუნების კანონს

ვერც წარსულსა და მომავალზე წახვალ

ორივეს, ღმერთისა და დარვინის რწმენა, თვალთმაქცობაა

ორივე ჰიპოთეზა არ შეიძლება იყოს ჭეშმარიტი, ყველამ ვიცით

თუმცა, კითხვაზე პასუხის გასაცემად ლოგიკურ დასკვნამდე, ჩვენ ნელი ვართ

ხალხი ორივე ჰიპოთეზას განმარტავს მოხერხებულობის მიხედვით

მაგრამ ასეთი ჰიპოთეზა არ შეიძლება იყოს ჭეშმარიტი ან მეცნიერული

დარვინის დაკარგული რგოლები კვლავ დაკარგულია

ამიტომ ადამიანთა უმეტესობა ლოცულობს ღმერთს და ექიმებს კურთხევას.

ღმერთის განტოლება არ არის საკმარისი

იმის მაგივრად, რომ ყუთში მოკვდეს, კატა კნუტით გამოვიდა

არავის შეუმჩნევია და არ გაუსინჯავს კატას ორსულობის შესახებ

შრედინგერმა კატა ყუთში ჩასვა, წუთიერი დაკვირვების გარეშე

გაურკვევლობა პროგნოზებთან დაკავშირებით უფრო რთულია

კატა მკვდარია თუ ცოცხალი, ერთადერთი საკითხი არ არის

კვანტურ ფიზიკას ძალიან ბევრი მოსაზრება და გამოსავალი უნდა ჰქონდეს

კატას შეეძლო რამდენიმე ბავშვის გაჩენა

რამდენიმე მკვდარი ყუთის გახსნის დროს და რამდენიმე ცოცხალი

ღმერთის განტოლებაზე და ღმერთის ნაწილაკზე პასუხი საკმარისი არ არის

სამყაროს არსებობის საკითხის გადაჭრა ძალიან რთულია.

ქალთა თანასწორობა

სიამოვნების სახელით სისასტიკეს აყენებენ მარტოხელა ქალს

ხან სამი, ხან ოთხი და ხან მეტი

ცხოველური ინსტინქტი ყველაზე ცუდ ფორმაში ფატალური ქალის ჩახშობის მიზნით

ფულისთვის, სამოქალაქო თავისუფლების სახელით, ქალის სული ნადგურდება

და ისინი აცხადებდნენ, რომ იყვნენ კაცობრიობის და ცივილიზაციის ჩირაღდნის მატარებლები

ხალხის აზროვნების პროცესში არ არის რაციონალურობა და თანამედროვეობა

გაამართლე ყველაფერი, უპირატესობის კომპლექსის, ეგოსა და ნებისყოფის ქვეშ

და აცხადებს ქალთა თანასწორობას მათ ტერიტორიაზე და კულტურაში

მას შემდეგ, რაც ფარდას აწევთ, თქვენ ხედავთ ქალთა ტრეფიკინგის ჭეშმარიტებას

ცხოველური ინსტინქტების ექსპლუატაცია, სისასტიკე, არაადამიანური მოპყრობა თვალისმომჭრელია.

უსასრულობა

უსასრულობა მინუს უსასრულობა არის არა ნული, არამედ უსასრულობა

სიტყვა უსასრულობა უცნაური სიტყვაა კაცობრიობისთვის

უსასრულობის ცნება შემოიფარგლება მხოლოდ ჰომო საპიენსით

ყველა სხვა ცოცხალ არსებას არ აწუხებს უსასრულო სამყარო

ადამიანთა შორის უსასრულობის კონცეფცია მრავალფეროვანია

რიცხვების დათვლა უსასრულოდ მთავრდება, როგორც ამას ჩვენი ტვინი ვერ გაიგებდა

მაგრამ გალაქტიკებისთვის და ვარსკვლავებისთვის უსასრულობა ნიშნავს უსაზღვროებს

საზღვრებს მიღმა, ჩვენი ტვინი და მეცნიერები ვერ იკვლევენ

როდესაც ღმერთის კონცეფცია მოდის, უსასრულობას აქვს სინგულარობის საფუძველი

უსასრულობის გარეშე, მათემატიკა და ფიზიკა გადავა კალაპოტში.

ირმის ნახტომის მიღმა

რამდენად დიდია კოსმოსი ან სამყარო, ეს ადამიანის ტვინისთვის არ არის გასაგები

სიჩქარის, დროის ბარიერები ჩვენს ადგილობრივ გალაქტიკაში ირმის ნახტომში დაგვაკავებს

ირმის ნახტომიც კი იმდენად ვრცელია, რომ მისი ყველა კუთხისა და კუთხის შესწავლა შეუძლებელი იქნება

მეცნიერების და ხელოვნური ინტელექტის მიერ ადამიანის ცხოვრების ამორალურობით ასევე მოკლე იქნება

კვლევისა და მოგზაურობის დასრულებამდე, ჩვენი მზე თავად ჩაქრება და სამუდამოდ ჩაქრება

დროის განზომილებაში რძიანი ნახტომის გალაქტიკის მიღმა შესწავლის მცდელობა აბსურდია

ამისათვის ჩვენი ცხოვრება სივრცისა და დროის მიღმა უნდა იყოს

როგორ გაჩნდა მატერიებისა და გალაქტიკების ეს უსასრულო არსებობა, უცნაური თამაშია

ჩვენ ჯერ კიდევ ბნელში ვართ სამყაროს ბნელ მატერიაზე და იმაზე, თუ როგორ წარმოიშვა იგი

ასტრონომიისა და ირმის ნახტომის გამოკვლევის მოგზაურობა უსასრულოდ გრძელი იქნება.

იყავი ბედნიერი ნუგეშის პრიზით და გააგრძელე

არაფერი იყო, არაფერია და არაფერი იქნება ჩემს ხელში თუმცა, ყოველთვის კმაყოფილი ვიყავი კონსოლიდაციის პრიზით

ყოველ ჯერზე ვდგები ისევ და ისევ დიდი დაცემის შემდეგაც კი

არასოდეს სთხოვა დახმარება მეფისგან ან თანამემამულეებისგან, რათა გზაზე დამეყენებინა

მჯერა მხოლოდ საკუთარ თავზე და ჩემს შესაძლებლობებზე

ბევრი ადამიანი ისევ და ისევ ცდილობდა ჩემს ჩამოგდებას

მე მათ გამეცინა, რადგან მათი ძალისხმევა უშედეგო იქნება

მათ სურვილებზე და ძალისხმევაზე, მათ ასევე არასოდეს აქვთ კონტროლი

როდესაც მათ ვერ შეძლეს საკუთარი ცხოვრების აზრიანი და დიდი

როგორ შეიძლება ხელი შეუშალონ ჩემს დღევანდელ და მომავალ საქმიანობას

ისინი ბედნიერები არიან იმით, რომ ფუჭად კარგავენ ცხოვრების ძვირფას დროს

ჭორაობა და ფეხის მოზიდვა უსაქმური მამაკაცის თანამგზავრია, როგორც უსარგებლო დანა.

Covid19-ის დამაგრება ვერ მოხერხდა

Covid19-მა ვერ შეძლო ადამიანის ცივილიზაციისა და სულისკვეთება

ასე რომ, ადამიანებმა სწრაფად დაივიწყეს უბედურება, რომელიც კაცობრიობას შეექმნა

ახლა არავის ახსოვს ისინი, ვინც მოულოდნელად დაკარგეს სიცოცხლე

ხალხი ისევ ძალიან დატვირთულია ყოველდღიურ ცხოვრებაში, არ აქვს დრო, რომ უკან გაიხედოს

ადამიანის სიხარბე, ეგო, სიძულვილი და ეჭვიანობა ისეთი დარჩა, როგორიც არის

საზოგადოების ან ადამიანთა ჯგუფის საერთო გაკვეთილი არ არის მიღებული

ადამიანთა ეს აზროვნება მართლაც უცნაური და გასაკვირია

კარგი ის არის, რომ შოუ ყოველგვარი შეფერხების გარეშე მიმდინარეობს

კაცობრიობისთვის ყველაზე უარეს კატასტროფებში გადარჩენა ეს საუკეთესო გამოსავალია

დაე, ცივილიზაციამ გააგრძელოს ბუნებრივი გადარჩევის კანონი.

ნუ იქნებით ღარიბი აზროვნებით

თქვენ შეიძლება ღარიბი იყოთ საბანკო ნაშთებით, მაგრამ არასოდეს იყოთ ღარიბი გონებით

ნებისმიერ მომენტში, ნებისმიერ ადგილას, სიმდიდრე და ფული, შეგიძლიათ მარტივად იპოვოთ

მიდგომა ყველაზე მნიშვნელოვანია წარმატების კიბეზე ასასვლელად

ასვლის შემდეგ ყველა პლატფორმაზე ნახავთ ნედლეულ ბრილიანტებს სავსე ყუთებში

არ არსებობს ჯადოსნური ნათურა რეალურ ცხოვრებაში, როგორც ზღაპრები, თქვენ უნდა მოჭრათ ნედლი ბრილიანტები

კიბის მომდევნო პლატფორმაზე უნდა მოხდეს ალმასის გაპრიალება

თუ თქვენი დამოკიდებულება ნეგატიურია, ვერასოდეს შეძლებთ მაღალ სიმაღლეზე ასვლას

თქვენ დარჩებით ჰიმალაის ფსკერზე, როგორც გაჭირვებული

როცა შენი მეგობრები და მეზობლები წარმატებას მიაღწევენ, გაოცებული დარჩები

მაგრამ მათი ტკივილები ზღვიდან მარგალიტების შეგროვებისას ვერავინ გააცნობიერა.

იფიქრე დიდად და უბრალოდ გააკეთე ეს

როცა ფიქრობ, იფიქრე დიდად და უბრალოდ გააკეთე ეს

ჭამე იდეა, დალიე იდეა, იოცნებე იდეა

ვერაფერი შეგიშლით ხელს თქვენი იდეის რეალობად ქცევას

იმუშავეთ თავდადებით და მტკიცედ დადექით თქვენს იდეაზე

დაიძინეთ თქვენი გრანდიოზული იდეით და დაგეგმვით

ახალი გზა და პრობლემების გადაწყვეტა დილიდან მოვა

ყველა გზაჯვარედინზე შეიძლება იყოს ეჭვები და დაბნეულობა

მაგრამ დაჟინებით თქვენ სწრაფად იპოვით გამოსავალს

არ თქვათ უარი თქვენს ველურ ოცნებასა და იდეაზე, კრიტიკის წინაშე

სანამ წარმატებას მიაღწევ და მწვერვალს მიაღწევ, ყოველთვის იმედგაცრუებული იქნები ცინიზმით.

მარტო ტვინი არ არის საკმარისი

ტვინი აუცილებელია ინტელექტისა და ცნობიერებისთვის

მაგრამ მხოლოდ ტვინი არ არის საკმარისი იმისათვის, რომ გქონდეს ემოციები და სიბრძნე

სიყვარულის, სიძულვილის, ეჭვიანობის დროს გამოსხივებული ნეირონები რთულია

გონებისა და ტვინის ჩახლართულობა ყოველთვის მალიან რთულია

ყველა ძუძუმწოვარს აქვს სხვადასხვა რიგისა და დონის ინტელექტი

ზოგიერთ ამოცანში ჰომო საპიენსზე მეტად, სხვა ცხოველებს შეუძლიათ გამოირჩეოდნენ

უპირატესობის განსხვავებული ისტორია ყველა ცხოველთა სამეფოს უნდა ყვეს

კარგია, რომ ცნობიერება სამოთხეზე, ცხოველებს არ შეუძლიათ თქვან

ეს არ ნიშნავს, რომ ადამიანების გარდა, ყველა ჯოჯოხეთში მიდის

მხოლოდ ადამიანებს, წარმოსახვითი და მოტყუება მალიან ადვილი გასაყიდია.

დათვლა და მათემატიკა

ხალხმა იცოდა განსხვავება ერთი ვაშლის ჭამასა და ორ ვაშლს შორის

რიცხვითი შესაძლებლობების კონცეფცია ასოცირდება დნმ-თან

ტვინს შეეძლო რიცხვების აღქმა მათემატიკის აღმოჩენამდე

ცხოველებსა და ფრინველებსაც კი შეუძლიათ თავიანთ ტვინში რიცხვების ვიზუალიზაცია

ინდუცირებული ინტელექტი, თანამედროვე მათემატიკა დღესდღეობით ვარჯიშობს

მათემატიკის აღმოჩენა გიგანტური ნახტომია კაცობრიობის ცივილიზაციისთვის

მათემატიკის გარეშე მილიარდობით პრობლემას გადაწყვეტა არ ექნება

რიცხვითი და ენობრივი უნარები არის ადამიანის ინტელექტის საფუძველი

პროგრესისა და წარმატებისთვის ამ ორ კომპონენტს აქვს მნიშვნელობა

ემოციური ინტელექტი ასევე თანდაყოლილია ადამიანის გენისთვის

გამოცდილება და გარემო ხდის ინტელექტს, ემოციებს ძლიერ და სუფთას.

მეხსიერება არ არის საკმარისი

ფაქტებისა და ფიგურების დამახსოვრება და მარტო რეპროდუცირება არ არის ინტელექტი

თავად ცოდნა არ არის ძალა, არამედ მხოლოდ ძალაუფლების იარაღი

ფანტაზია და ინოვაცია უფრო მნიშვნელოვანია, ვიდრე მეხსიერება და ცოდნა

ხელოვნურ ინტელექტს აქვს უკეთესი მეხსიერება, რომელიც უნდა მივიღოთ და ვაღიაროთ

მიუხედავად ამისა, ხელოვნური ინტელექტისთვის რთული იქნება ადამიანების დამარცხება ინოვაციებში და გამოგონებებში

ჩვენ გვაქვს წარმოსახვა, ემოცია და სიბრძნე, რაც AI-ს ჯერ კიდევ აკლია

გამოგონებისა და ინოვაციების რბოლაში ადამიანებს აქვთ დნმ-ის მხარდაჭერა

კომპიუტერისა და ChatGPT-ის ეპოქაში იფიქრეთ შავ ყუთსა და საზღვრებს მიღმა

შენი ფანტაზია და სიბრძნე შენთვის უნიკალურია და ფრთებს აძლევს მას

AI-სთან და კომპიუტერთან ბრძოლაში ადამიანები წარმატებას მიაღწევენ რინგზე.

რაც მეტს გასცემთ, მეტს მიიღებთ

რაც უფრო მეტს აძლევთ გაჭირვებულებს, უფრო მეტს მიიღებთ

კეთილშობილება უმაღლესი და დიდი ადამიანური ღირებულებაა

მიზიდულობის კანონი არ მოგცემთ საშუალებას, რომ თქვენი წმინდა ღირებულება შემცირდეს

ნიუტონის მოძრაობის მესამე კანონი ჭეშმარიტია ცხოვრების ყველა სფეროსთვის

ბუნების კანონები მიედინება როგორც უწყვეტი წყლის მილი

კარგი საქმეების ნაყოფს შეიძლება ცოტა მეტი დრო დასჭირდეს მოწიფებას

მაგრამ დარწმუნებული იყავი, რომ ის ერთ დღეს მოვა, შეიძლება იყოს სხვა ტიპის

როცა ვაშლის ხეს რგავ, ბუნება მაყვალს არ მოგცემს

ამ ხილს ვერ შეცვლი, ბუნების ტერიტორიაა

უკეთესი ახალი სამყაროსთვის, კარგი სათნოებით, ყოველთვის გამოიჩინეთ სოლიდარობა.

გაუშვით და დავიწყება თანაბრად მნიშვნელოვანია

ცხოვრება არის სხეულისა და გონების ზედმეტი წამების ინტეგრაცია

DND-ის ჩვენი საბრძოლო სულისკვეთების გამო, გზას ყოველთვის ვპოულობთ

წამებამ ჩვენი სხეული და სული ფოლადის გაყალბებასავით ამლიერა

დაზიანებების უმეტესობა, ადვილად განკურნება ჩვენი გამძლეობის სისტემას

გონების განკურნება შეიძლება რთული იყოს, მაგრამ დრო და სიტუაცია იძულებულია გადავიდეს

ცხოვრების ყველაზე რთული პრობლემაც, დროს შეუძლია ერთ დღეს გადაჭრას

ნივთების დავიწყება კარგი სათნოებაა ჩვენი სულის დასაბალანსებლად

წყალგაუმტარ მეხსიერებაში ჩვენი ცხოვრება გახდება ციხე და ჯოჯოხეთი

ცხოვრების დამცირებისა და წამების დავიწყება მნიშვნელოვანია

ხელოვნურ ინტელექტს, როგორიცაა მეხსიერება, ადამიანის ტვინისთვის, აქვს დამღუპველი ძალა.

კვანტური ალბათობა

ჩვენი არსებობა სიკვდილთან ერთად სამყაროში ერთადერთი სასწაულია

სხვა არაფერია უცნაური, ყველაფერი რეგულირდება კონკრეტული კანონებით

მთელ გალაქტიკებში არ არის აბსურდი, შეზღუდვები და ხარვეზები

ატომები, ფუნდამენტური ნაწილაკები ან ნეიტრონების დაშლა ახალი არ არის

მატერიის წარმოქმნის დასაწყისიდან ფიზიკის ვარიაციები ცოტაა

ფარდობითობა, კვანტური მექანიკა შესაძლოა ახალი ცოდნა იყოს ცივილიზაციისთვის

მაგრამ ადამიანებამდე დიდი ხნით ადრე ბუნებამ ყველა სტანდარტიზაცია მოახდინა

ფიზიკას ან რაიმე პროცესს არ შეუძლია აიძულოს პროტონი ბრუნოს ელექტრონის გარშემო

მატერიალური სამყაროს ჩამოყალიბებისას ბუნებრივი გადარჩევა არ არსებობდა

მთელი ჩვენი ცოდნა არის კვანტური ალბათობა და პერმუტაცია-კომბინაცია.

ელექტრონი

მატერიის სამყარო არსებითად არასტაბილურია
რადგან ელექტრონი მშვიდად ვერ დარჩება
ელექტრონი არის ერთ-ერთი ყველაზე მნიშვნელოვანი ნაწილაკი
მაგრამ მისი ქცევა და თვისებები მარტივი არ არის
ატომში ელექტრონის არსებობა დიალექტიკურია
პროტონისა და ნეიტრონის დასაკავშირებლად ელექტრონის როლი გადამწყვეტია
შეიძლება იყოს არასტაბილური ელექტრონის გამო, ქაოსი ყოველთვის იზრდება
სამყაროსა და შემოქმედების ენტროპია არასოდეს მცირდება
ბავშვის ტირილი დაბადებისას დნმ-ის საშუალებით არის ელექტრონული ეფექტი
არეულობა და ქაოსი გაიზრდება, ახალშობილიც ირეკლავს.

ნეიტრინო

ნეიტრინო არის ძლიერი ელექტრონების კომპანიონი

მიუხედავად ამისა, ისინი უგულებელყოფილი და არა პოპულარული, როგორც მათი კოლეგები

მათ უწოდებენ მოჩვენების ნაწილაკს, რომელსაც შეუძლია შეაღწიოს ყველაფერში

არავინ იცის არის თუ არა ისინი ვიბრაციული სიმების ტალღები

ჩვენ ასევე არ ვიცით როგორ იღებენ მასას უნივერსალური მოგზაურობის დროს

მაგრამ, როგორც ფუნდამენტურ ნაწილაკს, ნეიტრინოებს ბევრი მნიშვნელობა აქვთ

ნეიტრინოებს სამი განსხვავებული გემო აქვთ, რაც ამაღელვებელია

ღმერთის ნაწილაკთან ჰიგსის ბოზონთანაც კი, ნეიტრინო მზაკვრულია

ნეიტრინოები მოდის მზისგან და კოსმოსური სხივებით

ნაწილაკების ფიზიკამ დიდი გზა უნდა გაიაროს, რომ ვთქვათ მოჩვენებათა ნეიტრინოებზე.

ღმერთი ცუდი მენეჯერია

ღმერთი შესანიშნავი ფიზიკოსი და ძალიან კარგი ინჟინერია

მაგრამ ის არის ცუდი მენეჯმენტის მასწავლებელი და ცუდი ექიმი

სამყაროს მართვა ძალიან ცუდია კონფლიქტებით

ის ზღუდავს ვიზებით ადამიანების მოძრაობას

არ არსებობს შეზღუდვები ქვედა რიგის ცხოველებსა და ფრინველებზე, მიზეზები უცნობია

თუმცა ნაკლებად კეთილგანწყობილია ცხოველების მიმართ

ბავშვები ომებსა და ექსტრემისტებს ყოველდღე კლავენ

მაგრამ შეწყვიტოს ყველა ეს სისასტიკე მისი საყვარელი ცხოველის მიმართ, ის არასოდეს იტყვის

ყოველწლიურად მილიონობით ადამიანი იღუპება განუკურნებელი დაავადებით

ექიმებმა ბევრი ფული გამოიმუშავეს და ღმერთს ადიდებენ ამ საქმიანობას

ინჟინრები ინოვაციებს ახდენენ, შედეგებზე ზედმეტი ფიქრის გარეშე

სიცოცხლის გადარჩენის სახელით ხშირად ექიმები თანმიმდევრობით უშვებენ შეცდომებს.

ფიზიკა არის ინჟინერიის მამა

ფიზიკა არის ყველა საინჟინრო დისციპლინის მამა

Electrical არის ელექტრონიკის მამა, მაგრამ ორივე მარტივი არ არის

მექანიკა არის წარმოების ინჟინერიის მამა

მამობის საწინააღმდეგო პრეტენზიებისთვის მექატრონიკა იტანჯება

სამოქალაქო ინჟინერიას ჰყავს ბევრი აყვანილი ბავშვი დნმ კავშირის გარეშე

ქიმიური ინჟინერია დაკავებულია, როგორ ფიქრობენ მოლეკულები

ფიზიკის უმცროსი შვილი, კომპიუტერული მეცნიერება ახლა მეფეა

მათ დაამარცხეს ყველა ინჟინერია, რათა მოეპოვებინათ ტახტი რინგზე

სმარტფონი და კვანტური გამოთვლები მათ კიდევ რამდენიმე წლის მართვაში დაეხმარება

როდესაც ხელოვნური ინტელექტი ინტეგრირდება ტვინთან, ყველა იტყვის გახარებას.

ხალხის ცოდნა ატომების შესახებ

ჩვეულებრივი ადამიანის ცოდნა ატომების შესახებ მთავრდება ელექტრონით

ისინი კმაყოფილნი არიან პროტონისა და ნეიტრონის შესახებ ცოდნით

მათ არ სჭირდებათ ფიქრი ფოტონის, პოზიტრონის ან ბოზონის შესახებ

ხალხი კმაყოფილია ვაშლის ცვენის ხსნარის ცოდნით

ამ პროცესში ვაშლის ღირებულება იზრდება მოსახლეობის გამო

კომპიუტერი და სმარტფონი დაეხმარა ცოდნის განვითარებას

მაგრამ ხალხი მათ იყენებს დროის გასატარებლად და თანამგზავრისთვის გასართობად

წიგნებმა უკეთესი როლი ითამაშეს ელექტრონის, ნეიტრონისა და პროტონის შესახებ

Google-ისა და Wikipedia-ის არსებობის შემდეგაც კი, არ ვიცი ბოზონი

ტექნოლოგია სულ უფრო მეტად გამოიყენება მოძველებული რელიგიის გასამართლებლად.

არასტაბილური ელექტრონი

ტალღური ფუნქციები იშლება ჩვენი ცოდნისა და დაკვირვების გარეშე

ელექტრონი ასხივებს ენერგიას, რომ დარჩეს ორბიტაზე ფოტონის სახით

ელექტრონის არაკოლაფსისთვის, პაულის გამორიცხვის პრინციპი არის გამოსავალი

ელექტრონს აქვს დაბინდული ალბათობა ბირთვში დადგენის მიღმა

ჰაიზენბერგის გაურკვევლობის პრინციპი ცდილობს თქვას გაურკვეველი პოზიციის შესახებ

ატომის სტრუქტურა არის კონტეინერი ელექტრონის ბირთვის გარშემო ბრუნვისთვის

თავისუფალი ელექტრონები კარგავენ ენერგიას, რათა ატომი სტაბილური იყოს ბუნებაში

მაგრამ შეუძლებელია ელექტრონს ეს სისტემაში სამუდამოდ მოეწონოს

გრავიტაციის გამო, როდესაც პროტონები იჭერენ ელექტრონს, ის ხდება ნეიტრონი

საბოლოოდ, ყველაფერი იშლება გალაქტიკაში შავ ხვრელად, ჩვენი წარმოსახვის მიღმა.

ფუნდამენტური ძალები

გრავიტაცია, ელექტრომაგნიტიზმი, ძლიერი და სუსტი ბირთვული ძალები ფუნდამენტურია

ოთხივე არის სამყარო და გალაქტიკა, რომელიც მართავს და აკონტროლებს წყაროებს

ამ ფუნდამენტური ძალების გარეშე ვერაფერი მატერიალური იარსებებს

ძლიერი და სუსტი ბირთვული ძალები ატომის დამაკავშირებელი წყაროა

გრავიტაციის გარეშე ვარსკვლავები, პლანეტები და გალაქტიკები შეჯახების კურსებს გაივლიან

ელექტრომაგნიტიზმი ფუნდამენტურია ჩვენი ტვინის ფუნქციებისა და კომუნიკაციისთვის

ამ ოთხი ძალის გამო არსებობს პლანეტარული კომბინაციის არსებობა

რატომ და როგორ შემოვიდნენ ეს ძალები, ძნელი სათქმელია დარწმუნებით

დიდი აფეთქების შემდეგ ატომების შეერთება ამ ძალების გამო მოხდა ნელა

დიდი აფეთქების შემდეგ გაგრილების პროცესში ამ ძალებმა ყველაფერი მოწესრიგებული გახადეს.

ჰომო საპიენსის დანიშნულება

რამდენიმე მილიარდი წლის განმავლობაში დედამიწაზე ცოცხალ არსებებს არანაირი მიზანი არ ჰქონდა

უეცრად, დაახლოებით ათი ათასი წლის წინ, ადამიანის მიზანი მოვიდა?

არცერთმა ცოცხალმა არსებამ არ იცოდა, რა დანიშნულება ჰქონდათ პლანეტაზე მზის შუქით

მიუხედავად ამისა, მზის სხივებით, პლანეტა, რომელსაც ადამიანი უწოდებს დედამიწას, კაშკაშა იყო

ჩვენი წინაპარი მაიმუნი და შიმპანზეები ამ პლანეტას სწორად ინახავდნენ

მას შემდეგ რაც ადამიანმა გააცნობიერა თავისი ინტელექტი, ისინი აცხადებდნენ დანიშნულებას

ყველა სხვა ცხოველი მათი მსახურია, ჰომო საპიენსი ვარაუდობენ

ადამიანის დანიშნულება შეიძლება იყოს საკუთარი წარმოსახვა

მიზნის ჰიპოთეზის მისაღებად, მეცნიერული გამოსავალი არ არის

დარვინის ბუნებრივი გადარჩევის თეორია ეწინააღმდეგება მიზნის კონცეფციას

მაგრამ რადგან ბუნებრივ გადარჩევას აკლია რგოლები, ადამიანების უმრავლესობა ეთანხმება.

სანამ დაკარგული ბმული

ევოლუციის პროცესში დაკარგული რგოლის წინ

ევოლუციას კიდევ ერთი გარღვევა ჰქონდა

ეს იყო X-ქრომოსომისა და Y-ქრომოსომის გამოყოფა

სქესის ნეიტრალურ ცოცხალ არსებებს ასევე შეეძლოთ გამრავლება

სექსისა და გამრავლებისთვის ნეიტრალურ ქრომოსომას არ სჭირდება აცდუნება

ქრომოსომის მეშვეობით გენდერული დიფერენციაციამ შექმნა უთანასწორობა

მტკიცედ გამოჩნდა მამაკაცისა და ქალის დნმ-ის ორი ცალკეული კოდი

იყო გენდერული დიფერენციაცია უკეთესი რეპროდუქციის შესაძლებლობისთვის

თუ ეს უფრო მაღალი დონის ცოცხალი შემოქმედების ევოლუციის გასამარტივებლად?

ორივე X-ქრომოსომა და Y-ქრომოსომა არის ატომების გროვა

თუმცა მათი მახასიათებლები, თვისებები განსხვავებული და შემთხვევითია

დაკარგული რგოლის მსგავსად, რატომ და როგორ ხდება გენდერული დიფერენცირება, ჩვენ არ გვაქვს გამოსავალი.

ადამი და ევა

მითიური ადამი და ევა წარმოადგენს X და Y ქრომოსომებს

ორივეს შეჯვარება იწვევს ახალი სიცოცხლის, მომავალი თაობის ჩამოყალიბებას

დნმ-ს აქვს გენეტიკური მახასიათებლები და ინფორმაცია

გენი პასუხისმგებელია მუტაციაზე და უწყვეტ ევოლუციაზე

ინფორმაციის გადამზიდავი დნმ არის ბუნებრივი გადარჩევის დამამშვიდებელი

ცნობიერება ინფორმაციის საშუალებით მოდის თუ არა, ბუნდოვანია

ნაწილაკების კვანტური ჩახლართულობა გვაგიჟებს

ჩახლართულობის პროცესში ბევრი ადამიანი იბადება ზარმაცი

ატომების ადამიანის სიცოცხლესთან შერწყმის მთელი სურათი ჯერ კიდევ ბუნდოვანია.

წარმოსახვითი რიცხვები რთულია

წარმოსახვითი რიცხვების წარმოდგენა და გაგება რთულია

სირთულეებს, ჩვენს გონებას და ტვინს, ადვილად ვერ აღვიქვამდით

ხილული და შეხებადი საგნები, ტვინი ადვილად იშლება

რთული სავარჯიშოები, გონებას ყოველთვის უყვარს შენახვა ცივად

ამიტომ რთული საგნების გამოსახატავად, ანალოგია ძალიან თამამია

დანახვა და შეხება არის რწმენა, ეს არის ადამიანის ძირითადი ინსტინქტი

წარმოსახვითი ფიზიკისა და ფილოსოფიისთვის ინტერესი შეზღუდულია

ახალი ნივთებისა და იდეების შესასწავლად, ფანტაზია საუკეთესოა

წარმოსახვის გარეშე, შესაძლებელია თუ არა, მეცნიერება წინ ვერ წავა

როდესაც აღმოაჩენთ ან იგონებთ ახალ ნივთებს, ყოველთვის იღებთ კარგ ჯილდოს.

საპირისპირო დათვლა

რბოლის დასაწყებად ბოლო ეტაპზე ყოველთვის ხდება საპირისპირო დათვლა

რადგან ამ ეტაპზე გონებრივი წნევა უზარმაზარი და მზარდია

საპირისპირო დათვლაში ნული ითვლება საწყის წერტილად

საბოლოო წარმატება ან წარუმატებლობა მოგზაურობის ან რბოლის ნულოვანი მხოლოდ ერთობლივი

როცა საკმარისად მომწიფებული ხარ ცხოვრების მშვენიერ გზაზე

ისწავლეთ საპირისპირო დათვლა უფრო დიდი ან მეტი წარმატებისთვის

საპირისპირო დათვლის გარეშე, საბოლოო მიზანი ვერავინ დაამუშავებს

ადამიანის სიცოცხლე ზედმეტად ხანმოკლეა იმისთვის, რომ თანდათან დაითვალოს უსასრულობამდე

საპირისპირო დათვლა ერთადერთი გზაა სოლიდარობის გზაზე გადასვლისთვის

თუ ვერ დაიწყეთ საპირისპირო დათვლა და წარმატებას მიაღწიეთ, ნუ დაადანაშაულებთ ბედს.

ყველა იწყება ნულით

ჩვენ ყველანი დავიბადეთ იმისთვის, რომ ვითვლიდეთ ნულიდან დაწყებული ტირილით

წინ დათვლისას მიღწევები მეტია, გმირი ხარ

დრო უმეტეს ჩვენთაგანს არ აძლევს საშუალებას ასზე მეტი დათვალოს

ოთხმოცდაათზე ხალხი თმოზს ენთუზიაზმს და დანებდა

ორმოცდაათზე, როცა შუაში ვართ, ჯობია უკუღმა თვლა დავიწყოთ

ეს დაგეხმარებათ დააფასოთ ცხოვრება და გაიღიმოთ ცხოვრებისეული ჯილდოებისთვის

შეუმჩნევლად ადამიანები ითვლიან წლებს, თვეებს ან დღეებს

ხვალ ბევრი ადამიანი ვერ დაინახავს დილის მზის სხივებს

თუ დროულად დაიწყებთ წინ და უკან თვლას

როდესაც თქვენი დრო დასრულდება, თქვენ აუცილებლად მიაღწევთ მწვერვალს.

ეთიკური კითხვები

მთელი ჩვენი ცოდნა, გამოცდილება და ინტელექტი საკუთარი ხელით არის შეძენილი

ჩვენს ტვინს ასევე მოითხოვდა ხელოვნური ინტელექტი დაკვირვებადი სამყაროდან

თუ შევეცდებით ყველაფერი პირადად განვიცადოთ, ძალიან მალე დავიღალებით

სხვებისგან ცოდნის მიღება გადამოწმების გარეშე ხელოვნური ხასიათისაა

ბევრი ასეთი ცოდნა მომავალში მცდარი იქნება

ემოციები, როგორიცაა სიყვარული, სიძულვილი, ბრაზი, ასევე შეიძლება აჩვენოს ტვინს

სხვადასხვა მიზეზის გამო, ხელოვნური ღიმილისა და სიხარულის გამო, ჩვენი ტვინი ვცდილობთ ვავარჯიშოთ

ხელოვნური ინტელექტი კაცობრიობის ცივილიზაციის ნაწილი იყო პროგრესისთვის

ხელოვნური ინტელექტის გარეშე არ იქნება უფრო სწრაფი და სწრაფი წარმატება

ბუნებრივი ინტელექტისა და ხელოვნური ინტელექტის ინტეგრაცია ყველაზე რთული ამოცანაა

ადამიანის ტვინთან სრული ინტეგრაციის წინ, საზოგადოებამ უნდა დაისვას ეთიკური კითხვები.

ოლ-სინ-ტან-კოს

ადამიანის სიცოცხლე არის ოთხი კვადრატული მოგზაურობა დროში

თუ თქვენ შეგიძლიათ შეავსოთ ოთხივე კვადრატი, თქვენ იღბლიანი და კარგი ხართ

ყველამ უნდა გაიაროს ოცდახუთი წლის სწავლა

ფიზიკური სხეულის ზრდა მის დასასრულამდე აღწევს

ყველას არ გაუმართლა პირველი კვადრატის გადაკვეთა, გაურკვევლობის გამო

სიკვდილის დრო და ასაკი ჯერ კიდევ სასწაულია კაცობრიობისთვის

ოცდახუთი წლის მეორე კვადრატში, ძალიან დაკავებული ხარ სამუშაოთი

უკეთესი ცხოვრებისა და მომავლის უსაფრთხოების ძიებაში ყველა გარბის

ზოგი ადამიანი მარტო მოძრაობს თანამგზავრის გარეშე, სიამოვნებისთვის

მესამე კვადრატი არის კონსოლიდაციის და დახვეწილი დარეგულირების დრო

თქვენი ცოდნა, უნარები და სიმდიდრე დაიწყო დაგროვება

თქვენი დივიდენდების, წარმატებისა და ურთიერთობის გამოთვლა დაიწყეთ

მესამე კვადრატში, თქვენ ხართ ბოსი და აღმასრულებელი დირექტორი, წამყვანი სხვა

ნელ-ნელა კარგავთ მადას მეტი სიმდიდრისკენ და წინსვლისკენ

უფრო მნიშვნელოვანი ხდება თვითრეალიზაცია და შინაგანი მეს შეცნობა

მეოთხე კვადრატში შესვლისას თქვენი ჩრდილი გრძელი ხდება

შენი სხეული ძალიან ბევრ დაავადებას იძენს, შენ აღარ ხარ ძლიერი

წნევა, შაქარი და სხვა დაავადებები, თქვენ უნდა აკონტროლოთ აბების საშუალებით

მედიკამენტების გვერდითი ეფექტები ასევე ძალიან ცუდია და შეიძლება კლავს ადამიანებს

ზოგჯერ ნერვიულობთ თქვენი სამედიცინო გადასახადების ხილვით

არავინ შეგაწუხებს შენზე ზრუნვას, ყველა საკუთარ კვადრატშია დაკავებული

თქვენი მეგობრების უმეტესობამ ასევე დატოვა სამყარო და მეგობრები ზედმეტი ხდებიან

შეასრულეთ თქვენი საქმიანობა თითოეულ კვადრატში ეფექტურად და გონივრულად

მეოთხე კვადრანტის ბოლოს ნამდვილად არ ინანებთ.

ცეცხლის ძალა

ცეცხლის გამოგონებამ შეცვალა კაცობრიობის ცივილიზაციის კურსი

მან საფუძველი ჩაუყარა ცეცხლის ძალას კონფლიქტის ჩახშობაში

მეტი თქვენ გაქვთ ცეცხლის ძალა სუსტი ცხოველის აღსაკვეთად

მეტი თქვენ გაქვთ გაფართოების და გადარჩენის ალბათობა

ცეცხლოვანი ძალა ეხმარებოდა ადამიანს, ყოფილიყო ყველაზე ძლიერი გადარჩენისა და წინსვლისთვის

ტყის მასიური ხანძრის გამო ბევრმა ცხოველმა რეგრესისკენ მიმავალი გზა გაიარა

ადამიანებს ჯერ კიდევ აქვთ გულში ცეცხლი, როგორც დადებითი, ასევე უარყოფითი

ამას მოწმობს ისტორიაში მომხდარი ომები, რომლებიც დამანგრეველი გახდა

მიუხედავად ამისა, გულის პოზიტიური ცეცხლი ეხმარებოდა ადამიანებს კონსტრუქციულობისკენ

მაგრამ ცივილიზაციისთვის თანამედროვე ტექნოლოგიების ცეცხლის ძალა შეიძლება გადამწყვეტი აღმოჩნდეს.

ღამე და დღე

ყოველ ღამე როცა ვტირი
სამყარო მორცხვი რჩება
ნუგეში რომ ვთქვათ, სამყარო არ ცდილობს
ტკივილი ხდება ფრა
გული ცარიელი და მშრალია
მარტოსული ცისფერი ბუზი
მთელი ღამე ჩემია
ერთ დღეს მარტო მოვკვდები
გარდაცვლილ მე, ხალხი მშვიდობით იტყვის
თუმცა, როცა მზე ამოდის, სული მაღლაა
დღის განმავლობაში ტირილის დრო არ არის
მიზეზი არ არის
მხოლოდ მე უნდა გავაკეთო და მოვკვდე.

თავისუფალი ნება და საბოლოო შედეგი

საცობში მე მქონდა თავისუფალი ნების არჩევანი მარცხნივ ან მარჯვნივ წავსულიყავი

მაგრამ ყოველ ჯერზე, როცა საკუთარ გადაწყვეტილებას ვიღებდი, მოძრაობა გამკაცრდა

მარცხნივ, მარჯვნივ თუ უხვევს, მომავალი მოგზაურობა იშვიათად იყო ნათელი

ყოველი მეტრი გადამეტანა, ბედისწერამ მაიძულებდა მებრძოლა

თავისუფალი ნებით, ათი წლის განმავლობაში შეყვარებულმა წყვილმა გადაწყვიტა დაქორწინება

საზეიმო ქორწინება გართობაზე, როგორც დანიშნულების ბალახის მოცილება

სამი თვის შემდეგ ყველას გაუკვირდა მათი დაშორების დანახვა

ახალგაზრდა მამაკაცი თავისუფალი ნებით ავიდა საზღვარგარეთ გასაფრენად ნათელი მომავლისთვის

მაგრამ ნების თავისუფლებისა და ბევრი იმედის შემდეგაც კი, ფრენის ავარიაში ის დაიღუპა

გაურკვეველია კავშირი თავისუფალ ნებასა და საბოლოო შედეგს შორის

ნებისმიერ მომენტში ბედის ან გაურკვევლობის პრინციპს შეუძლია თავდასხმა.

კვანტური ალბათობა

სამყარო კვანტური ნაწილაკების ქაოტური პროცესით დაიწყო

ყველაფერი, რაც შემდგომში მოჰყვა, იყო კვანტური ალბათობა

ვარსკვლავები და სხვა ციური სხეულები ბრუნავს მოწესრიგებულ ორბიტალურ გზაზე

მაგრამ მთლიანობაში სამყარო, გალაქტიკები ყოველთვის აპირებდნენ დაჟანგვას

სამყაროს ენტროპია უნდა გაგრძელდეს მისი გადარჩენისთვის

სამყაროს გაფართოების ასახსნელად ბნელი ენერგია აუცილებელია

მულტი სამყარო სხვა არაფერია, თუ არა კვანტური ალბათობა მტკიცებულებების გარეშე

ყველა რელიგიურ ფილოსოფიაში მულტი სამყაროს აუტანელი ფესვები აქვს

ფიზიკას ასევე აქვს განსხვავებული თეორიები და ჰიპოთეზა ჩვენი წარმოშობის შესახებ

რეალობის უბრალო და საბოლოო სიმართლე დღემდე მოჩვენებითია და არავის უნახავს.

სიკვდილიანობა და უკვდავება

ბედნიერი ვარ, რომ მოკვდავი ვარ, მსოფლიოს რამდენიმე დღის მოგზაური

მე უფრო ბედნიერი ვარ, რომ ყველა სხვა უკვდავია და მომსახურების მიმწოდებელია

ჩემი წასვლისას უკვდავი მეგობრები და ნათესავები დამემშვიდობიან

ვერავინ ვერასდროს გაიგებს, ჩემი შემდეგი ინინგი, თუ იქნება, როგორ დავიწყებ

ერთი კვირის შემდეგ ყველა დამივიწყებს, ხალხი ჭკვიანებია

ისინი სუპერმარკეტებში იქნებიან დაკავებულნი, საყოფაცხოვრებო ეტლის შევსებით

მაშინაც ასე სწრაფად გაივლის დრო, დღეები, თვეები, წლები

უკვდავების გამო ისინი შეიძლება არასოდეს დაიღალონ ან არ გახრწნიან ან დაჟანგდნენ

ასი წლის შემდეგ, ვიღაცამ შეიძლება შეამჩნიოს ჩემი სიკვდილის ასი წლისთავი

ათასი წლის შემდეგ შეიძლება ვინმემ მიპოვოს ქსელში, შეიძლება ითქვას, რომ თანამედროვე ვიყავი

მაგრამ მისი რეაქციები იქნება ყოველგვარი ემოციის გარეშე და წამიერი

უკვდავება და უკვდავება მიდის ხელჩართული, ადამიანებს არ სურთ სიკვდილი

თუმცა სიცოცხლის ბოლო დღემდე, უკვდავი ვიყო, არასდროს ვეცდები.

შეშლილი გოგონა გზაჯვარედინზე

ის ყოველდღე დადის გზაჯვარედინზე, იცინის, იღიმება და საკუთარ თავს ესაუბრება

არასოდეს აწუხებდა ვინ მოდის, ვინ მიდის, საერთოდ არ აინტერესებდა ყურადღება

არ აწუხებს მისი ჭუჭყიანი კაბა, სახე ყოველგვარი მაკიაჟის გარეშე და მტვრიანი თმა

თუ ღიმილი და სიცილი ბედნიერების ნიშანია, ის ბედნიერი და გეი უნდა იყოს

ის ასევე უნდა იყოს პროტონის, ნეიტრონის, ელექტრონების და სხვა ფუნდამენტური ნაწილაკების გროვა

მოძრაობის, გრავიტაციის ელექტრომაგნიტიზმისა და კვანტური მექანიკის იგივე კანონების დაცვით

თუმცა, ის განსხვავებულია, შეიძლება იყოს არასტაბილური ელექტრონების უმართავი ქცევა

ექიმებმა ვერანაირი გამოსავალი ვერ მისცეს, რატომ არის ის განსხვავებული და განიკურნება

არ არსებობს რეალური ახსნა მისი ცნობიერების არასიმეტრიული ქცევისთვის

მისი ცნობიერება და ნეირონების ემისია კვანტური თეორიის ახსნის მიღმა

მისი ღიმილიანი სახისა და ბედნიერების გამო ხალხი სწყალობს და ბოდიშს გამოხატავს

მაგრამ, კვანტური დამკვირვებლების მიუხედავად, ის მხიარულად ცხოვრობს.

ატომი მოლეკულების წინააღმდეგ

მოლეკულები შეიძლება არ იყოს ფუნდამენტური პლანეტისა და სამყაროს შესაქმნელად

ნახშირბადმა, წყალბადმა, ჟანგბადმა, სილიციუმმა და აზოტმა დედამიწა მრავალფეროვანი გახადა

კალციუმი, რკინა, ნატრიუმი, კალიუმი ყველა მოლეკულების სახით იძირება

ატომების კომბინაციის გარეშე მოლეკულები შეუძლებელია

მაგრამ მოლეკულებად გადაქცევის გარეშე ელემენტების არსებობა არ შეიძლება დაგროვდეს

ნეიტრონს შეუძლია დაშალოს პროტონად, ხოლო ელექტრონი სხვა ატომად იქცეს

პროტონებისა და ელექტრონების კომბინაცია ასევე შემთხვევით ხდება

ცილები და ამინომჟავები მოლეკულების სახით მოვიდა სიცოცხლის შესაძლებლად

ატომურ მდგომარეობაში ცხოველთა სამყაროს საკვების მიწოდების ფოტოსინთეზი შეუძლებელია

ვინაიდან მოლეკულები არ არის არასტაბილური, როგორც ატომები, ჩვენი არსებობისთვის, მოლეკულები საიმედოა.

მოდით მივიღოთ ახალი რეზოლუცია

მდინარეებს, ტბებს, ზღვებსა და ოკეანეებს ფსკერი აქვთ

თითოეული წყლის ობიექტის სიღრმე არა სიმეტრიულია, არამედ შემთხვევითი

ბორცვები შეიძლება იყოს მაღალი ან მოკლე, მწვანე ან თეთრი მთელი წლის განმავლობაში

მაგრამ ყველაფრის მახასიათებლებისთვის ატომებს მხოლოდ მნიშვნელობა აქვთ

ბუნების სილამაზე ან ვარსკვლავები ან ქალები, ეს ყველაფერი ატომების გროვაა

ვერავინ დაინახავს არაფრის სილამაზეს ფოტოების გამოსხივების გარეშე

ფუნდამენტური ნაწილაკები და ატომები ყველა განსხვავებას ქმნიდნენ კომბინაციაში

ადრეულ ჩამოყალიბებაში ადამიანებს არაფრის კონტროლი არ აქვთ

არც ადამიანებმა გააკეთეს რამე ევოლუციის პროცესის დასაჩქარებლად ან შესანელებლად

სიყვარულით და ძმობით სამყარო უკეთესი რომ გავხადოთ, ჩვენ შეგვიძლია გადაწყვეტილების მიღება.

ფერმი-დირაკის სტატისტიკა

ჩვენს ყოველდღიურ ცხოვრებაში, ჩვენ ვხედავთ უამრავ ადამიანს ურთიერთქმედების გარეშე

ფერმი-დირაკის სტატისტიკას შეუძლია მოგვცეს გონივრული გამოსავალი

სტატისტიკა გამოიყენება როგორც კლასიკურ, ასევე კვანტურ მექანიკაში

თითოეულ ადამიანს აქვს განსხვავებული აზროვნება, დამოკიდებულებები და დინამიკა

ყველა ფუნდამენტურ ნაწილაკს აქვს თერმოდინამიკური წონასწორობის საკუთარი გზები

გაზომვადი მასის გარეშეც, ნაწილაკებს აქვთ თავისი იმპულსი

ბოზე-აინშტაინის სტატისტიკა ასევე ვრცელდება იდენტურ, განურჩეველ ნაწილაკებზე

ნაწილაკების აღწერის მთელი პროცესი რთული და არა მარტივია

რაღაც მომენტში, უსასრულო კოსმოსში, ჩვენი გაგება ინგრევა

მაგრამ ადამიანის გონებისა და ფიზიკის ცნობისმოყვარეობა სრულებით არასოდეს იკლებს.

არაადამიანური მენტალიტეტი

ხალხი არაადამიანური და სასტიკი გახდა

თუმცა ახლა ისტორიული დუელი არ არის

მაგრამ უდანაშაულო მკვლელობისთვის, უმნიშვნელო საკითხმა შეიძლება საწვავი მოგცეთ

ტოლერანტობა უფრო სწრაფად იკლებს, ვიდრე კლების კანონი

თუ თქვენ იბრძვით სიმართლისა და სამართლიანობისთვის, შემდეგი ტყვია შეიძლება იყოს თქვენი ჯერი

მცირე ინციდენტების გამო, ბევრი ქალაქი ნიგიჟემდე იწვის

ნებისმიერ მომენტში, ნებისმიერ ადგილას, რაიმე მიზეზით, სასიკვდილო ძალადობა შეიძლება დაბრუნდეს

დღეს ადამიანებს სწყურიათ ადამიანის სისხლი

მსოფლიოში უფრო მეტი ადამიანი იღუპება ძალადობის შედეგად, ვიდრე დამანგრეველი წყალდიდობა

იესოს მსხვერპლშეწირვა კაცობრიობისთვის ახლა ფუჭია, რადგან სისასტიკე პიკს აღწევს

ძალადობით, ომით, სიმულვილით, შეუწყნარებლობით მალე კაცობრიობის ქსოვილი დაიმსხვრევა.

საქმის პროცესი

არის თუ არა ცხოვრება მხოლოდ ბიზნეს პროცესი პროდუქტიულობისა და მოგების მაქსიმალური გაზრდის მიზნით

ან ეს არის ბუნებრივი პროცესი, ხელი შეუწყოს ევოლუციას და პროგრესს

მთელი საზოგადოება ახლა ხდება პროდუქციის მარკეტინგის ადგილი

როგორ მოატყუო ხალხი ახლა გადარჩენისა და საუკეთესოდ ყოფნის დიდი უნარია

შეუძლებელია ჭეშმარიტებაზე გადასვლა და მარტივი და გულწრფელი ყოფნა

უსასრულო სიხარბეა სიმდიდრისა და თაღლითობით ცნობილი გახდომისთვის

გონებრივი გამდიდრებისთვის არავის სურს დროის დახარჯვა ან წიგნის კითხვა

ბაზარზე, როგორმე უნდა გაყიდოთ თქვენი მომსახურება ან პროდუქტი

სოციალური ქსოვილიდან, ურთიერთობებიდან და ფასეულობებიდან, ის ყოველთვის გამოაქვს

თუ არ შეგიძლია მარკეტინგის გაკეთება და მოგების მიღება, ცხოვრებაში ვერაფერს ააშენებ.

განისვენე მშვიდად (RIP)

როცა მოვკვდები, შეიძლება ვინმემ ნეკროლოგი დაწეროს

მაგრამ მშვიდად დასვენების თქმა მთავარი კომენტარი იქნება

ახლა არავინ მეკითხება, მშვიდად ვარ თუ არა

ჩემი უახლოესი მეგობრებიც კი იმავე ლოტში ხვდებიან

არც არავის მიკითხავს მათი მშვიდობის შესახებ

ჩემი მეგობრების გარდაცვალების შემდეგ დღემდე მეც იგივე გზას მივყვები

სიკვდილი ახლა ძალიან იაფი და უემოციოა ყველა ჩვენგანისთვის

მართალია, ერთ დღეს ყველა ჩავა ავტობუსში

სიკვდილის შემდეგ მშვიდობა და ბედნიერება არარელევანტური ხდება

დაისვენე მშვიდად არის უახლესი თანამედროვე ცხოვრების წესის პატენტი

ხალხი ზედმეტად დაკავებულია და სიმშვიდისა და დასვენებისთვის დრო არ რჩება

სიკვდილის შემდეგ მეგობრებს მშვიდად დასვენების თქმა ადვილი და საუკეთესოა.

სულები რეალურია თუ წარმოსახვა?

სულების არსებობა ყოველთვის ეჭვქვეშ დგება, როგორც მეცნიერული მტკიცებულება

ცოცხალი არსების ცნობიერება რეალურია, მაგრამ არის თუ არა ეს განზრახვის საკითხი?

სულების ჰიპოთეზა ღრმად არის ფესვგადგმული, გადარჩა ცივილიზაციის შემდეგ

სულები და მისი უწყვეტობა სიკვდილის შემდეგ რელიგიის უმეტესობის განუყოფელი ნაწილია

ამ აზრის დასამტკიცებლად განსახიერება და წინასწარმეტყველები რელიგიური გამოსავალია

თუმცა, მას შემდეგ, რაც დღემდე ვერ იპოვა დაკარგული რგოლი სხეულისა და სულისა

უმაღლესი დონის ცნობიერების მიზეზი ასევე უთქმელი დარჩა

უსასრულო გალაქტიკებში მეცნიერების შესწავლა მხოლოდ მცირე მტვერია

სულისა და ცნობიერების შესახებ შესაბამის კითხვებს მეცნიერება უნდა უპასუხოს

წინააღმდეგ შემთხვევაში, დროის სფეროში, მეცნიერების მრავალი ჰიპოთეზა დაჟანგდება.

სულები რეალურია თუ წარმოსახვა?

სულების არსებობა ყოველთვის ეჭვქვეშ დგება, როგორც მეცნიერული მტკიცებულება

ცოცხალი არსების ცნობიერება რეალურია, მაგრამ არის თუ არა ეს განზრახვის საკითხი?

სულების ჰიპოთეზა ღრმად არის ფესვგადგმული, გადარჩა ცივილიზაციის შემდეგ

სულები და მისი უწყვეტობა სიკვდილის შემდეგ რელიგიის უმეტესობის განუყოფელი ნაწილია

ამ აზრის დასამტკიცებლად განსახიერება და წინასწარმეტყველები რელიგიური გამოსავალია

თუმცა, მას შემდეგ, რაც დღემდე ვერ იპოვა დაკარგული რგოლი სხეულისა და სულისა

უმაღლესი დონის ცნობიერების მიზეზი ასევე უთქმელი დარჩა

უსასრულო გალაქტიკეზში მეცნიერების შესწავლა მხოლოდ მცირე მტვერია

სულისა და ცნობიერების შესახებ შესაბამის კითხვებს მეცნიერება უნდა უპასუხოს

წინააღმდეგ შემთხვევაში, დროის სფეროში, მეცნიერების მრავალი ჰიპოთეზა დაჟანგდება.

ყველა სული ერთი და იგივე პაკეტის ნაწილია?

არის თუ არა სხვადასხვა ცოცხალი არსების სულები ერთი და იგივე პროგრამული პაკეტის ნაწილი?

თითოეულ სულს აქვს კვანტური ჩახლართულობა, მაგრამ განსხვავებული ბარგი

ევოლუციის წყალობით, ყველა ცოცხალ არსებას ეკოლოგიური მონობა აქვს

მრავალი სახეობა გადაშენდა, რადგან დროთა განმავლობაში ისინი არ განვითარდნენ

ადამიანები, თვითგამოცხადებული უზენაესი ცხოველი ახლა ეძებს ამ გადარჩენას

მიუხედავად ამისა, ურთიერთობა პროგრამულ უზრუნველყოფასა და ცხოვრების აპარატურას შორის აკლია

მეცნიერებას, რელიგიას და ფილოსოფიას აქვს საკუთარი უნიკალური აზროვნება

ვერავინ შეძლებს დამაჯერებლად დაამტკიცოს, რომ მათი ჰიპოთეზა სწორია

როდესაც ცნობისმოყვარე გონება სვამს რთულ კითხვებს, ყველა უკან იხევს

სულის სხეულის ურთიერთობის საკითხში, დღემდე, რელიგიებს უფრო მეტი გავლენა აქვთ.

ბირთვი

ბირთვის გარეშე ვერცერთი ატომი ვერ წარმოიქმნება ან იარსებებს ატომად

ფუნდამენტური ნაწილაკები თავისთავად ვერ წარმოიქმნება მატერიად

სამყაროში არსებულ ნივთებს შეიძლება ჰქონდეთ ჰიპოთეზა უკეთესად ასახსნელად

მზის სისტემა ვერ იარსებებს და გრძელდება მზის გარეშე

თანამგზავრები ასევე აწონასწორებენ ძალებს და არა ადამიანის გასართობად

უზარმაზარი ენერგიის მქონე ცენტრალური ბირთვის გარეშე, კოსმოსი ვერ იქნება წესრიგში

იქნება ეს ღმერთი თუ სხვა რამ, ფიზიკა უფრო შორს უნდა იჭრებოდეს

ვარსკვლავებსა და გალაქტიკებს შორის მანძილი ჩვენი რაკეტისთვის მიუწვდომელია

ამ დრომდე ჩვენი გალაქტიკის ყველა კუთხის შესწავლა ჩვენს ჯიბეს მიღმაა

მიუხედავად ამისა, ბევრი ადამიანი მზად არის სამუდამოდ კოსმოსში გასასვლელად, ძვირადღირებული ბილეთის შეძენით

ეს ცნობისმოყვარეობა და ამოუცნობის შეცნობის სურვილი ცივილიზაციაა

კვანტური ტექნოლოგიით სივრცის შესწავლა იმპულსს მიიღებს

სანამ არ ვიპოვით საბოლოო ბირთვს ან ჭეშმარიტებას ვარსკვლავების შეერთების მიღმა

დაე, ხალხი ბედნიერი იყოს თავისი რელიგიური მრწამსითა და ლოცვით.

ფიზიკის მიღმა

ფიზიკის უცნაური სამყაროს მიღმა, ბიოლოგიის სამყარო

ატომების ერთობლიობამ შექმნა ცილის მოლეკულები

გაჩნდა ვირუსები და ერთუჯრედიანი ორგანიზმები

ინფორმაციის მატარებელმა დნმ-მა დაიწყო ევოლუციის პროცესი

ფიზიკისა და ბიოლოგიის ურთიერთდაკავშირებამ შეიძლება ფუნდამენტური გამოსავალი მისცეს

გენეტიკის საპირისპირო ინჟინერიამ შეიძლება თქვას, როგორ გაჩნდა სიცოცხლე

ყოვლისშემძლე ღმერთისთვის შეიძლება არაფერი იყოს თამაშის შიგნით

ფიზიკის მიღმა არის სიყვარული, ადამიანობა და დედობა ახალი სიცოცხლის მისაცემად

პროტონისა და ელექტრონის კომბინაციის მსგავსად, ჩვენ გვყავს ცოლ-ქმარი

შექმნის საიდუმლო გაგრძელდება კვანტური მექანიკის შემდეგაც

ზოგიერთი ფიზიკოსი გვაძლევს ახალ იდეებს არსებობის შესახებ ახალი ჰიპოთეზებით

სიცოცხლე გააგრძელებს კონკურენციას ხელოვნურ ინტელექტთან და ომებთან

ადამიანებმა შეიძლება ვერ იპოვონ არსებობის მიზეზი, მაგრამ მოახდინოს ვარსკვლავების კოლონიზაცია.

მეცნიერება და რელიგია

მეცნიერება არასოდეს მიმართავს რელიგიურ ტექსტს თავისი თეორიების დასამტკიცებლად

სამეცნიერო თეორიები და ჰიპოთეზა არ არის დაფუძნებული მოგონებებზე

რელიგიური ტექსტი ცივილიზაციის საწყის ეტაპებზე გადიოდა თაობებს

ეს ტექსტები ყოველთვის ცდილობენ მიიღონ მეცნიერების დადასტურება

თუ ღმერთს აქვს არსებობა სხვა გალაქტიკაში, რელიგიური ტექსტი არა მისი ვერსია

ამის დასამტკიცებლად რელიგიურ ლიდერებს გამოსავალი არ აქვთ

ხშირად, ისინი მოიხსენიებენ ცალი სადილის ლექსს, რათა დაამტკიცონ ის, როგორც მეცნიერების საფუძველზე

მაგრამ არავითარი მათემატიკური მითითებები ფუნდამენტური კანონების დაცვაში

წინასწარმეტყველები და რელიგიური მმართველები არ არიან მეცნიერული თეორიების გამომგონებელი

ემსგავსება ბუნებას და ბუნებრივი კანონები მხოლოდ დასკვნაა

რელიგია და მეცნიერება შეიძლება იყოს მონეტის ორი მხარე, რომელსაც სიცოცხლე ჰქვია

მაგრამ როდესაც საქმე ეხება ლაბორატორიულ ან ფიზიკურ ტესტს, რელიგიები ცდებიან.

რელიგიები და მრავალ სამყარო

სადაც არ უნდა იყოთ, იყავით ბედნიერი და იცხოვრეთ მშვიდად

ეს არის რელიგიების უპირატესობის შეხედულება სულების შესახებ

ეს ნიშნავს, რომ რელიგიებმა იციან პარალელური სამყაროს შესახებ

ან ახლობლებისთვის და ახლობლებისთვის ეს არის განმარტოების ყველაზე მარტივი გზა

რამდენიმე სამყაროს კონცეფცია თანდაყოლილია რამდენიმე რელიგიაში

მაგრამ ეს იყო კვანტური ჩახლართული და კონკრეტული რეზოლუციების მიღმა

პარალელური სამყაროს დღევანდელი კონცეფციაც კი მიმართულების გარეშე

ფიზიკა უფრო ღრმად მიდის ატომსა და ფუნდამენტურ ნაწილაკებში

იმის ნაცვლად, რომ გახდეთ კონკრეტული, გახდით ფილოსოფიური დაბრკოლებებით

სამყაროს უფრო დიდ ზომებშიც კი, კოსმოლოგიური მუდმივები განსხვავდება

შემდეგ მთელი თეორია თუ ჰიპოთეზა საეჭვო და ტანჯვა დაიწყო

რელიგიები რწმენის საკითხია და მორწმუნეები არასოდეს ითხოვენ მტკიცებულებებს

ყველაზე მეცნიერული და რაციონალური გონებაც კი არასოდეს ამბობს, რომ შეხედულება სისულელეა.

მეცნიერებისა და მრავალ სამყაროს მომავალი

როცა ხალხი კვდება, ახლობლები ამბობენ, იცხოვრე მშვიდად, სადაც არ უნდა იყო

ეს რელიგიური შეხედულება ღრმად არის ფესვგადგმული საზოგადოებაში და ძალიან შორს ვრცელდება

ადამიანები ნუგეში იღებენ წასვლის ტკივილს და ცდილობენ ნაწიბურის მოშუშებას

ამ ადამიანების უმრავლესობამ არ იცის კვანტური ჩახლართულობის შესახებ

არსებობს თუ არა მულტი სამყარო, მათთვის სულაც არ არის მნიშვნელოვანი

როგორც ყველა ცხოველს, ადამიანებსაც ეშინიათ სიკვდილის და სამყაროს დატოვების

ასე რომ, სხვა გალაქტიკაში ცხოვრების კონცეფცია შესაძლოა განვითარდეს

ასევე შესაძლებელია, რომ ჩვენი ცივილიზაცია უფრო ძველია, ვიდრე მტკიცებულებები ამბობენ

მილიონი წლის წინ, ზოგიერთი მოწინავე არსება შესაძლოა აქ ყოფილიყო გზად

სამყაროდან ადამიანები შესაძლოა ურთიერთობდნენ ამ არსებებთან

როგორც კი ისინი დანიშნულების ადგილამდე წავიდნენ, ადამიანებმა დაიწყეს ლოცვა

სხვა სამყაროების არსებობა პირიდან პირში მოდიოდა

გრძელვადიან პერსპექტივაში სიცოცხლის არსებობა სხვა სამყაროებში ძლიერდება

ფიზიკას ახლა აქვს ჰიპოთეზა მრავალ სამყაროს შესახებ ბუნების ასახსნელად

თუ მულტი სამყარო მართლაც არსებობს სხვა გალაქტიკებში, მეცნიერების მომავალი განსხვავებული იქნება.

თაფლის ფუტკრები

მსოფლიოში ადამიანების უმრავლესობა ფუტკარივით ცხოვრობს

ზემოდან თუ გადავხედავთ, უზარმაზარი შენობები ხეებია

მათ საცხოვრებელ თემებში მათ არ აქვთ იდენტობა

მიუხედავად ამისა, როგორც ფუტკარი ფუტკარი, ყველა ცხოვრობს საკუთარ სახლში სოლიდარობით

ისინი მუშაობენ და მუშაობენ თავიანთი შთამომავლებისთვის, ყოველგვარი მოსვენების გარეშე

ყოველთვის ეცადეთ შვილებს მისცენ ის, რაც მათ მიაჩნიათ საუკეთესოდ

ფუტკრებივით მხოლოდ ღამით ისვენებენ

ერთ დღეს მათი ფეხები სუსტდება სიარულისთვის და ხელები სამუშაოდ

ამ დროისთვის მათი შვილები სრულწლოვნები გახდნენ და დაიწყეს როკვა

მოხუცებულთა სახლში ან თავშესაფარში ინვალიდი ცხედარი იკეტება

ყველას დაავიწყდა, ოდესღაც, როგორ შრომობდნენ

ფუტკარივით ისინიც მიწაზე ვარდებიან, ვერავინ შენიშნა

მაგრამ უფრო მწვანე დღეებში, ცხოვრებით ტკბობისთვის, ზოგიერთ ადამიანს ვერ დაარწმუნებთ.

იგივე შედეგი

კვანტური მექანიკა არასოდეს განასხვავებს ოპტიმისტსა და პესიმისტს

განსხვავება შეიძლება იყოს კვანტური ალბათობის ან ჩახლართულობის გამო

ოპტიმისტი და პესიმისტი მსოფლიოში ერთი მონეტის ორი მხარეა

მაგრამ, ყოველდღიურ ცხოვრებაში, ისინი სხვადასხვა გზით, განსხვავებულად ვითარდება

კრიკეტსა და ფეხბურთის თამაშში შეგიძლიათ მოიგოთ ტოსის წაგების შემდეგაც

პესიმიზმით ადამიანმა შეიძლება გაიმარჯვოს გრძელვადიან პერსპექტივაში, ჯვრის კურთხევით

ოპტიმიზმი არ იძლევა წარმატებისა და ბედნიერების გარანტიას მთელი ცხოვრების მანძილზე

ბევრი ოპტიმისტისთვის გრძელვადიან პერსპექტივაში ოპტიმიზმი რჩება მხოლოდ აჟიოტაჟის სახით

პესიმისტები მხოლოდ ერთხელ კვდებიან, ისიც ბედნიერად, წარუმატებლობის სინანულის გარეშე

ოპტიმისტები რამდენჯერმე კვდებიან ყოველი ოცნების რელსებიდან ამოვარდნის შემდეგ, დარწმუნებული იყავით

ოპტიმისტისთვის ან პესიმისტისთვის ერთადერთი გზა არის თამაშის გაგრძელება და დასრულება

თავისუფალი ნების მიუხედავად, შრომისმოყვარეობა, კვანტური ჩახლართული შედეგს იგივეს გამოიღებს.

რაღაც და არაფერი

რაღაც და არაფერი, არაფერი და რაღაც

ღმერთო, არა ღმერთო, არა ღმერთო, ღმერთი უფრო საგონებელშია ვიდრე კვერცხი ქათმის წინააღმდეგ

დიდი აფეთქება ან დასაწყისის გარეშე, დასასრულის გარეშე, მხოლოდ გაფართოება და გაფართოება

ბნელი ენერგია ან ბნელი ენერგიის გარეშე, სამყარო ფართოვდება ან უბრალოდ მირაჟია

ანტიმატერიას და ფუნდამენტურ ნაწილაკებს აქვთ საკუთარი როლები და მილაგება

ჯერ ფიზიკის კანონები ჩამოყალიბდა, ან სამყარო პირველი იყო

არის ასევე სერიოზული კითხვა, როგორიცაა რაღაც და არაფერი, არ უნდა rust

ბუნებისა და სამყაროს შესაცნობად, თითოეულ კითხვას უნდა ჰქონდეს პასუხი

როგორ უნდა მოხდეს ფიზიკის, ბიოლოგიის, ქიმიის, მათემატიკის ინტეგრაცია

ადამიანის ემოციები და ცნობიერება ასევე განსხვავებულია

ასევე გაურკვეველია შეიძლება თუ არა ცხრილი, ყველაფრის თეორია შემობრუნდეს

მათ შორის, რელიგიებს აქვთ ძალა, აიძულონ სამყარო დაწვას

გენომის თანმიმდევრობის და კვანტური ჩახლართულობის ცოდნის შემდეგაც კი

ხალხი ბედნიერი და კმაყოფილია რელიგიური დასახლებების გამოწერით

იმიტომ, რომ ფიზიკა ჯერ კიდევ შორს არის რაღაცის ან არაფრის გადასაწყვეტად.

პოეზია საუკეთესოდ

საუკეთესო სამეცნიერო პოეზია, რაც კი ოდესმე დაწერილა, ეხებოდა მასას და ენერგიას

ეს იწვევს სინერგიულად ახსნის სივრცეს, დროს, მასას და ენერგიას

E უდრის mc კვადრატს სამუდამოდ შეცვალა ბევრი რამ ფიზიკაში

მეცნიერების ნებისმიერი კანონის პოპულარობა, როგორიცაა მატერიის ენერგიის მიმართება, იშვიათია

ნიუტონის მოძრაობის კანონებიც კი რჩება პოპულარობის წილში

მატერია-ენერგია ორმაგობამ გაანადგურა კლასიკური ფიზიკის მეფობა

მან გახსნა კვანტური თეორიისა და მექანიკის უცნობი სამყარო

პოეზია, რომელიც ხსნის ჩვენი ხილული სამყაროს უმეტეს ნაწილს, არის მატერიის ენერგიის განტოლება

ფარდობითობის თეორიამ ბევრი აუხსნელი გადაწყვეტა მისცა

გრავიტაცია, ელექტრომაგნიტური ძალა, ძლიერი და სუსტი ბირთვული ძალები უხილავია

მაგრამ მათმა გამოყენებამ ინჟინერიაში შესაძლებელი გახადა ეს თანამედროვე სამყარო

ბუნების ფილოსოფიის ახსნისას თავსებადია პოეზია და ფიზიკა.

შენი თმის გათეთრება

ჭაღარა თმა და სიბერე არ ნიშნავს ცოდნას და სიბრძნეს

ოთხმოცი წლის შემდეგაც კი, სიცოცხლის ბოლომდე,
ბევრი ადამიანი ცხოვრობს სულელების სამეფოში

ადამიანების უმეტესობა არ სწავლობს გამოცდილებას და წარსულს

ასე რომ, მათი უმწიფრობა და სისულელე გრძელდება
ბოლო ამოსუნთქვამდე

დიპლომები და სიმდიდრე ვერავის გახდის ჯენტლმენად

გულში ფასეულობებისა და გრძნობების გარეშე,
შეგიძლიათ გახდეთ მხოლოდ გამყიდველი

ცოდნა და სიბრძნე ღირებულებებთან ერთად გაგხდით
შინაგანად კარგს

ყველაზე ღარიბ ღარიბებთანაც კი, უხეშად ვერ მოიქცევი

ღირებულებებზე დაფუძნებული პატიოსანი ადამიანები
ახლა უფრო მეტად საჭიროა საზოგადოებაში

ჩვენ არ გვჭირდება პროფესიონალები და კორუმპირებული
მენტალიტეტით განათლებული.

არასტაბილური ადამიანი

ადამიანთა უმრავლესობა არასტაბილურია და ფსიქიკური ჯანმრთელობის პრობლემებით

ახალგაზრდების უმართავ ქცევას, ელექტრონებს შეიძლება ჰქონდეთ წარმოდგენა

ფიზიკას შეუძლია აგვიხსნას, რატომ არ არის ცა რეალური, მაგრამ ლურჯი ჩანს

ახლაც წამლები სწრაფად ვერ კურნავს გაციებას და სეზონურ გრიპს

რატომ არის ზოგიერთი ვირუსი ჯერ კიდევ უძლეველი, პასუხი არც ფიზიკას აქვს და არც ექიმებს

ამინდისა და ნალექის სრულყოფილი პროგნოზირება ძალიან შეზღუდული და იშვიათია

ადამიანის ცხოვრებაში ტვინი ასხივებს მილიარდობით ნეიტრონს ემოციების გამოსახატავად

მაგრამ რა გზით შეასრულებს ის, არცერთ ფიზიკოსს არ შეუძლია სწორი პროგნოზის გაკეთება

ყოველი მომავალი მომენტის კვანტური ალბათობა შეუზღუდავია

ნებისმიერ მომენტში, ნებისმიერ ავარიაში, საუკეთესო ექიმი შეიძლება მოკვდეს.

დაე, პოეზია იყოს მარტივი, როგორც ფიზიკა

რატომ არ შეიძლება პოეზია იყოს ისეთი მარტივი, როგორც მათემატიკა და ფიზიკა

სიმართლე ყოველთვის მარტივია, ნათელი და არ საჭიროებს რთულ სიტყვებს

პოეზია არ უნდა იყოს მკაცრი, უბრალო ადამიანის გაგების მიღმა

ეს არ არის მხოლოდ ელიტური კლასებისთვის, რომ იცოდნენ შინაგანი გამონათქვამების შესახებ

პლანეტების მოძრაობის კანონების მსგავსად, პოეზია უნდა იყოს მარტივი და ლამაზი

პოეზიას უნდა შეეძლოს უკეთესი ადამიანური ფასეულობების შეტანა, რათა ცხოვრება ხალისიანი იყოს

ნიუტონის კანონები ძალიან მარტივი და გასაგებია

პლანეტების მთელი მოძრაობა, მარტივი გზით, შეგვიძლია ვისაუბროთ გარშემო

E უდრის mc კვადრატს ხსნის მატერიის ენერგიის ორმაგობას, სირთულის გარეშე

ფიზიკასა და პოეზიას ადვილად შეუძლიათ ცხოვრება გააუმჯობესონ

რთული სიტყვები და მხოლოდ შინაგანი მნიშვნელობით პოეზია არ გაძლიერდება

პოეზიის განმარტება არ არის, ის ნაკლებად ჰგავს გალაქტიკებს რძიანი გზის მიღმა

მათემატიკისა და ფიზიკის შესახებ, მარტივი პოეზია ადვილად შეიძლება ითქვას.

მაქს პლანკი დიდი

კვანტური მექანიკა სამყაროს შექმნისთანავე განვითარდა

ფუნდამენტური ნაწილაკების ქცევა იყო არასტაბილური, შემთხვევითი და მრავალფეროვანი

სწრაფად წარმოიშვა ელექტრონი, პროტონი, ნეიტრონი, ფოტონი თავის დროზე

არავინ იცის, საიდან გაჩნდა საჭირო საწყისი ნაპერწკალი და ძალა

მილიარდობით წლის განმავლობაში მოწესრიგებული სინგულარობა ქაოსში გადადიოდა ენტროპიის ზრდაზე

არის თუ არა სამყარო, მატერია და ენერგია ძველი ასლის ახალი პროტოტიპი?

მაქს პლანკმა აღმოაჩინა კვანტური თეორია მას შემდეგ, რაც ჰომო საპიენსი დედამიწაზე მოვიდა

თანამედროვე ფიზიკა და კვანტური მექანიკა, მისმა აღმოჩენამ გააჩინა

თუმცა ადამიანები სამყაროში ევოლუციის პროცესში მოვიდნენ

ელექტრონი, პროტონი, ნეიტრონი არასოდეს გაივლიდნენ ევოლუციას, ფიზიკას არ აქვს გამოსავალი

ჯერ კიდევ ძალიან ბევრი დაკარგული რგოლი ახსნის, საიდან მოვიდა მატერიიდან ენერგია

სამყაროს შექმნისას, ფიზიკა და ევოლუცია არ არის ერთადერთი თამაში.

დამკვირვებლის მნიშვნელობა

ერთხელ სამყაროს დინოზავრები და სხვა ქვეწარმავლები მართავდნენ

ევოლუციისა და ბუნებრივი გადარჩევის გამო ზოგიერთმა დაიწყო ფრენა

ჭკვიანი და ლეთარგიული სახეობა დარჩა ოკეანეში და ზღვებში

დინოზავრის ოქროს წესის დროს დედამიწა მზის გარშემო მოძრაობს

მზესუმზირამ იცის მზის ამოსვლა და ჩასვლა და შესაბამისად ბრუნავს

არც ერთ ცოცხალ არსებას არ აწუხებდა დედამიწის ბრუნვა და რევოლუცია

ნავიგაციის დროსაც კი, გადამფრენი ფრინველები ზუსტი და ძალიან ჭკვიანები იყვნენ

ათასობით წლის განმავლობაში ჰომო საპიენებმაც კი არ იცოდნენ რევოლუცია

სანამ ინტელექტუალმა გალილეომ სამყაროს არ მისცა დამაფიქრებელი რადიკალური პოსტულაცია

ცხოველები არ ეწინააღმდეგებოდნენ ბრუნვისა და რევოლუციის თეორიას

მაგრამ თანამემამულე ჰომო საპიენსი მტკიცედ დაუპირისპირდა გალილეოს და მის თეორიას

გალილეო დააპატიმრეს განსხვავებულად აზროვნებისა და ძველი რწმენის საწინააღმდეგოდ

მაგრამ როგორც სიმართლის წინამძღვარი, ის ადასტურებს თავის თეორიას და ცდილობს წინააღმდეგობის გაწევა

მისი სიტყვები „მიუხედავად ამისა მოძრაობს“ დამკვირვებლის მნიშვნელობაზე მეტყველებს

მხოლოდ ცოდნისა და წარმოსახვის მქონე დამკვირვებლებს შეუძლიათ სამუდამოდ შეცვალონ სამყარო

ფარდობითობა არსებობდა ჩვენი მზის სისტემის დასაწყისიდანვე

აინშტაინმა დაკვირვება გააკეთა და ფიზიკის ახალ ელემენტად ჩააყენა

დამკვირვებლის მნიშვნელობა ახლა დადასტურებულია კვანტური ჩახლართულობით

მაგრამ რეალობა არის უწყვეტი შეწყვეტა და სამყაროც კი არ არის მუდმივი.

ჩვენ არ ვიცით

არის თუ არა სიკვდილი ადამიანის ტალღური ფუნქციების ნგრევა?

პროტონების, ნეიტრონების და ელექტრონების გროვას დრო სჭირდება დაშლა

გრძელდება თუ არა ფუნდამენტური ნაწილაკების კვანტური ჩახლართულობა?

ჩვენ არ გვაქვს პასუხები ველის კვანტურ თეორიასა და კვანტურ მექანიკაში

ერთადერთი იმედი ისაა, რომ დაველოდოთ ყველაფერს, სანამ თეორია ახსნის ამას

მაშინაც არავინ იცის, საფლავის ქვეშ ეტევა თუ არა

დროის სფეროში, ახალი თეორიები, ჰიპოთეზა მოვა და წავა

ტექნოლოგიის პროგრესი ახლა არასოდეს იქნება ნელი

ყოველი თეორია და ჰიპოთეზა ყოველთვის ახალ გზნივარებას მოაქვს

მაგრამ ზოგიერთ კითხვაზე პასუხი, მეცნიერება და ფილოსოფია შეიძლება თქვას, ჩვენ არ ვიცით.

რაც ჩნდება

ჩნდება ცნობიერება, კვანტური ჩახლართულობა და პარალელური სამყარო

დიდი აფეთქება, როგორც არაფრიდან დასაწყისი, ნელ-ნელა მცირდება

ბნელი ენერგია, შავი ხვრელი და ანტიმატერია დასკვნის ვიბრაციის გარეშე

სიმებიანი თეორია და სამყაროს ზღვარი და დროში მოგზაურობა ჯერ კიდევ დამაბნეველია

საინტერესოა ხელოვნური ინტელექტი და ადამიანის ტვინის კავშირი

ღმერთის ნაწილაკი არ ხდება ყოვლისშემძლე, როგორც ჩვენ ვფიქრობთ

ნებისმიერ მომენტში შეიძლება ატყდეს ბირთვული ომი და ადამიანური ცივილიზაცია ჩაიძიროს

კვანტურ ფიზიკასთან სიყვარულს, სიძულვილს, ეგოსა და ბიოლოგიურ მოთხოვნილებას არანაირი კავშირი არ აქვს

გენდერული თანასწორობისთვის და ცას ვარდისფერი დასჭირდება კიდევ რამდენიმე ათასი წელი

არავის აწუხებდა გარემო, ეკოლოგია და მათი თვალის დახამხამება

ადამიანის უზნეობამ შესაძლოა მთლიანად შეცვალოს ცოცხალი არსებების ეკოსისტემა

მიუხედავად ამისა, ადამიანის სიცოცხლე გაგრძელდება სიხარბით, ეგოით, ეჭვიანობით და თვითშეფასებით

გრავიტაცია, ბირთვული ძალები, ელექტრომაგნიტიზმი ფუნდამენტურად დარჩება

ადამიანთა საზოგადოების შენარჩუნებისთვის სიყვარული, სექსი და ღმერთი დარჩება ინსტრუმენტული როლი

მეცნიერების, ტექნოლოგიის პროგრესი ეგზოპლანეტამდე მისასვლელად ექსპონენციალური იქნება.

ეთერი

მამამ თქვა, რომ სკოლაში და კოლეჯში სწავლობდნენ ეთერს

ეთერის შესახებ მას ბევრი ინფორმაცია და ღრმა ცოდნა ჰქონდა

ეთერმა მნიშვნელოვანი როლი ითამაშა სინათლისა და ტალღების გავრცელების ახსნაში

ეთერი ითვლებოდა უწონად და ბუნებით შეუმჩნევლად

მაგრამ ფარდობითობის თეორიამ და სხვა თეორიებმა მისი მომავალი განწირა

ეთერის ჰიპოთეზა გაქრა ჩვენი სკოლის წიგნებიდან

ჩვენს ფიზიკის წიგნებს მამას გასაოცარი სახე ჰქონდა

ახლა ჩვენ გვაქვს ბნელი მატერია და ბნელი ენერგია, ეთერი ძველი ისტორიაა

ასი წლის შემდეგ, ბნელ ენერგიასა და შავ ხვრელს შეიძლება ჰქონდეს იგივე ამბავი

ფიზიკა ასევე ვითარდება, ისევე როგორც ბუნებრივ სამყაროში სიცოცხლის ევოლუცია

ოდესმე, ჩვენს შვილიშვილებს, როგორც ამბავი, დღევანდელ ფიზიკას მოუყვება.

დამოუკიდებლობა არ არის აბსოლუტური

დამოუკიდებლობა არ არის აბსოლუტური, ის ფარდობითია, შეზღუდულია საზოგადოების, ერის მიერ

აბსოლუტური დამოუკიდებლობა არ არის სასურველი და შეიძლება გამოიწვიოს ქაოსი და განადგურება

თავისუფალი ნება ასევე შემოსაზღვრულია ბუნებრივი ძალებით და კვანტური ალბათობით

თავისუფალი ნებით მოქმედების მოხდენა, მხოლოდ იმის იმედი გვაქვს, რომ ამის შესაძლებლობა არსებობს

დაბალი ალბათობითაც კი, ტალღის განტოლება შეიძლება უარყოფითამდე დაიშალოს

ეს იმიტომ ხდება, რომ ბუნებაში ყველაფერი ერთი და იგივე საზომით არ არის

ჩვენი იმედები არის რთული ემოციები ცნობიერებასთან და ნეირონებთან

ტალღის ფუნქციები შეიძლება დაიშალოს გარემოსდაცვითი შეზღუდვების გამო

ეს არ ნიშნავს, რომ ჩვენი თავისუფალი ვერასდროს დაინახავს ფოტონებს სინათლის სახით

ზოგჯერ შედეგი ან ხილი ხდება ძალიან ამაღელვებელი და ძალიან ნათელი

როგორც შედეგი ან ნაყოფი დროის პროდუქტია დომენის სახელის მომავალში

ჩვენი მიზანი და მოვალეობაა საუკეთესო მოქმედება თავისუფალი ნებით, დასვენება ბუნებას მივანდოთ.

იძულებითი ევოლუცია, რა მოხდება?

ევოლუცია წინ მიიწევს ვირუსებიდან ამებამდე დინოზავრამდე და სხვა სახეობებამდე

ძლიერი დინოზავრი გადაშენდა, მაგრამ მრავალი სახეობა გადარჩა და წინ წავიდა

გრძელვადიან პერსპექტივაში ჰომო საპიენსი გაჩნდა და დედა დედამიწამ საუკეთესო ჯილდო მიიღო

მიუხედავად იმისა, რომ აკლია ბმულები ზღვიდან ნაპირამდე და ჰაერში ფრენა, მაიმუნი ადამიანს

ევოლუცია იყო ბუნებრივი გადარჩევის გზით გადარჩენისთვის, ედემის ბაღში ადამიანის წარმოქმნით

არცერთი ევოლუცია არ იწყება უფრო მაღალი წესრიგით და უკან გადაადგილება აზროვნების აშლილობა იზრდება

ეს იმიტომ ხდება, რომ სამყაროს ენტროპია არასოდეს მცირდება დროის სფეროში

დრო შეიძლება იყოს ილუზია და არის დიდი განსხვავება წარსულს, აწმყოსა და მომავალს შორის

მაგრამ უკეთესის გაკეთება და წინსვლა არის ბუნების თანდაყოლილი საკუთრება და კულტურა

კაცობრიობის ცივილიზაციაში ასევე ცეცხლი და ბორბალი მოვიდა სოფლის მეურნეობის აღმოჩენამდე

მილიონობით წლის განმავლობაში დაბადება და სიკვდილი ყველა ცოცხალი არსების ნაწილია, სუსტი თუ ძლიერი

მხოლოდ ზოგიერთი ხე, კუ და ვეშაპი ცხოვრობდა კომფორტულად დიდხანს

მეცნიერებმა ახლა თქვეს, რომ უკვდავება მხოლოდ ჰომო საპიენსისთვის იქნება და არა სხვებისთვის

არავინ იცის, რა მოუვა უკვდავ სამეფოში, ჩვენს ცხოველ ძმებს

უკვდავი კაცები ოდესმე გლოვობენ უკვე გარდაცვლილ დედებსა და მამებს?

მოკვდი ახალგაზრდა

ოპტიმალურია ას ოცი წელიწადი, რომელიც ბუნებით მიეცა ადამიანს

ეს დღეგრძელობა ბუნებრივი გადარჩევის პროცესით მოვიდა

ადამიანის სიცოცხლის ხანგრძლივობის ხელოვნურად გაზრდამ შეიძლება გამოიწვიოს ბუნებრივი პროცესის განზავება

ვერავინ იტყვის მტკიცედ, რომ ეკოლოგიური განადგურება არ იქნება

მხოლოდ ჰომო საპიენსზე კონცენტრირება, სხვების იგნორირება, სულელური ფანტაზია

ას ოცი წელი საკმარისია დღევანდელი სამყაროს შესასწავლად

ამ ასაკში პლანეტა დედამიწაზე მცხოვრები ადამიანისთვის უთქმელი არაფერი რჩება

ის მიაღწევს თავის მისიას, მიზნებს და მიაღწევს თვითრეალიზაციის ეტაპს

მისთვის, ვიდრე სამომხმარებლო პროდუქციის ყიდვა, მნიშვნელოვანი იქნება სპირიტუალიზმი

მე ვარ სხეულისა და გონების ბალანსი, ახლობლებისა და ძვირფასების გამგზავრება სკეპტიციზმისკენ მიბიძგებს

მსოფლიო ახლა პატარა ადგილია მოგზაურობისა და ტურიზმისთვის დროის გასატარებლად

როდესაც ადამიანმა განავითარა დასახლება მზის სისტემის გარეთ, მეტი ასაკი შეიძლება იყოს კარგი

ფარდობითობამ ეგზოპლანეტაზე მოგზაურობისას შესაძლოა ფიზიკურად ახალგაზრდები შეინარჩუნოს

მილიონობით სინათლის წლის მანძილზე ახალ ადგილას დასამკვიდრებლად, გონებაც ძლიერი დარჩება

მანამდე უკეთესია, გიყვარდეს, გაიღიმე, ითამაშეთ, გადაარჩინე გარემო და მოკვდე ახალგაზრდა.

დეტერმინიზმი, შემთხვევითობა და თავისუფალი ნება

გზაჯვარედინზე გადაღებული მარშრუტი თავისუფალი ნებით ავიღე

მაგრამ ხეები ჩემს მანქანას ეცემა შემთხვევითი ქარიშხლის გამო

იყო თუ არა წინასწარ განსაზღვრული ჩემი დრო საავადმყოფოს საწოლში ერთი კვირის განმავლობაში?

მე მქონდა არჩევანი გზატკეცილზე დანიშნულების ადგილამდე წავსულიყავი

ვინ და რატომ შეწყდა ჩემი მოგზაურობა უმიზეზოდ შუა გზაზე?

ყოველდღიურ ცხოვრებაში ბევრჯერ ვართ დაბნეული, რატომ მივიღე გადაწყვეტილება

სხვა გზა რომ წავსულიყავი, ცხოვრება უკეთეს მდგომარეობაში იქნებოდა

გონების შემთხვევითობის გამო, ჩვენ თავს ავიცილებთ თავიდან აცილებულ პოზიციას

თავისუფალი ნება ასევე, ყოველთვის არ გვაძლევს საუკეთესო ხელმისაწვდომ გზას ყურადღების გაფანტვის გარეშე

თავისუფალი ნების შემთხვევაშიც კი, არის თუ არა ჰაიზენბერგის გაურკვევლობის პრინციპი ერთადერთი გამოსავალი?

ფიზიკის ცოდნა თუ არა ცოდნა, ყველაფერი ისე ხდება, როგორც მოხდა

საუკეთესო მანქანის მძღოლი, ზოგჯერ ხვდებოდა უჩვეულო ავტოკატასტროფას და კვდებოდა

დედისა და ახალშობილის გადარჩენას საკეისრო კვეთის დროს გინეკოლოგი ყოველთვის ცდილობდა

მაგრამ შემთხვევით მათი ძალისხმევა და გამოცდილება ვინმეს არ გამოუვიდა

ჯანმრთელი დედის გარდაცვალების მიზეზებს ვერავინ ხსნის.

პრობლემები

პრობლემები ყველგან არის, საკუთარ თავში, ოჯახში,
ადგილსამყოფელში, ქალაქში, შტატში, ქვეყანაში,
სამყაროში და სამყაროში

ზოგჯერ ორი ადამიანი ვერ იცხოვრებს ერთად,
განსხვავებები მათ ვერ გადაჭრიან

ზოგჯერ ძალიან ბევრ ხალხთან ერთობლივ ოჯახში,
რთული პრობლემის მოგვარებაც მათ შეუძლიათ

პატარა ქვეყანა, სადაც მილიონზე ნაკლები წელი იბრძვის
განცალკევებისთვის, კლავს ათასობით ადამიანს

დიდი ქვეყანა მილიარდი მოსახლეობით აგვარებს
კონფლიქტებს და აგრძელებს წინსვლას, ხსნის
დაბრკოლებებს

ყოველდღიურად ვხვდებით მილიონობით ვირუსს და
ბაქტერიას, თუმცა ჩვენ ვცხოვრობთ ამ პრობლემის წინაშე

ეკოლოგიისა და გარემოს განადგურება ჩვენს ცხოვრებას
დამატებით ტვირთად აყენებს

თუმცა, ჩვენ ვიღებთ ცვლილებებს, ჩვენი მოწოდება
პრობლემის გადასაჭრელად არ არის მოულოდნელი

კონფლიქტის მოგვარების მექანიზმი ადამიანის დნმ-სა და
ცივილიზაციაში ძალიან აქტუალურია

გასაკვირია ომის საკითხში, ადამიანის გონების ეგოები
კონფლიქტებს მუდმივ ხდის

ოჯახები დაინგრა, ძმობა აორთქლდა, უმადობა ცაში ავიდა

მაგრამ, როგორც ერი, ადამიანები კვლავ აჩვენებენ ერთიანობას და უხილავ კავშირს

კვანტური ჩახლართულობა ხდება მტრებს შორის სტიქიური უბედურების დროს

ომებში მტრულად განწყობილი ერები საშუალებას აძლევს ერთად იმუშაონ კაცობრიობისთვის, მათი მებრძოლი ჯარებისთვის

კონფლიქტების მოგვარება მარტივია, იმ პირობით, რომ ლიდერები გამოიყენებენ საკუთარ გულებს და არა სისულელეებს.

სიცოცხლეს სჭირდება პატარა ნაწილაკები

სიცოცხლე შეუძლებელია ნაწილაკების უწონო ფოტონების გარეშე

ცხოვრება შეუძლებელია უარყოფითად დამუხტული ელექტრონების გარეშე

ნახშირბადი, წყალბადი, ჟანგბადი და სიცოცხლისთვის აუცილებელი ძალიან ბევრი ელემენტი

ევოლუციისა და ბიომრავალფეროვნების გარეშე ადამიანის სიცოცხლე დედამიწაზე ვერ იბრძვის

გარემო, ეკოლოგია, ბიომრავალფეროვნება მყიფეა და ფუტკრის მსგავსია

ჰომო საპიენსი ფიქრობდა, რომ ისინი მზის სისტემის მეფეები არიან

ჩვენ გვავიწყდება, რომ როგორც ნებისმიერი სხვა ცოცხალი არსება, ჩვენი არსებობაც შემთხვევითია

ძალიან ბევრმა ცვლადმა შეიძლება შეაფერხოს ჩვენი ვაშლის ურიკა, სანამ ამას მივხვდებით

იმპულსის და პოზიციის ზუსტი პროგნოზირება შეუძლებელია

მოულოდნელი და უცნობი რამ შეიძლება მოხდეს ადამიანის წერილების გარეშე

ჩვენი ცხოვრების წარსული და მომავალიც კი ჩვენი კონტროლის მიღმაა

დედამიწაზე სიცოცხლე უფრო არასტაბილურია, ვიდრე ბენზინი და პატრული

სიყვარული, ძმობა, ბედნიერება, სიხარული ჩვენ შეგვიძლია ადვილად შევქმნათ ან დავამსხვრიოთ

იმისთვის, რომ სამყარო ლამაზ და ზეციურ ადგილად ვაქციოთ, ცოტა ტკივილი უნდა მივიღოთ

წინააღმდეგ შემთხვევაში, როგორც დინოზავრები, ამ სამყაროდან, ჩვენ იძულებულნი ვიქნებით შეფუთვა.

ტკივილი და სიამოვნება

სიამოვნება და ტკივილი ცხოვრების ორი განუყოფელი კომპონენტია

ფარდობითობა და ჩახლართულობა მოქმედებს არსებობის ყველა სფეროში

სხეულის ტკივილი შეიძლება გამოხატული იყოს სახის გამომეტყველებით

ასევე, გონების ტკივილი შეიძლება აისახოს სხეულში, თუნდაც დავიმალოთ

გონებისა და სხეულის ურთიერთობები იმდენად მშვენივრად არის ჩახლართული სიცოცხლისთვის

გონების არსებობა მატერიის ფიზიკური სხეულის გარეშე

მაგრამ გონების გარეშე, ატომების გროვა ვერაფერს აკეთებს იმაზე მეტი და უკეთესი

მატერიის ენერგიის განტოლება ძალიან მარტივია, მაგრამ რთული შესასრულებელი

გონების სხეულის ჩახლართულობა ასევე შეიძლება იყოს განსხვავებული ტალღის ფორმა

ჩვენი გამოვლინება გონების სხეულის ჩახლართვით ასევე შემთხვევითია

ბუნებამ იცის მატერიის ენერგიად გადაქცევის მარტივი გზა და პირიქით

ამიტომ პლანეტაზე ვარსკვლავები, გალაქტიკები, სამყარო და ჩვენ ყველა ვარსებობთ

მატერიის ენერგიად გადაქცევის მექანიზმები და პირიქით, ცოცხალ არსებებში თანდაყოლილია

როდესაც ადამიანური ცივილიზაცია შეძლებს ამ მარტივი ხრიკის აღმოჩენას

ქლოროფილი ფოტოსინთეზისთვის ჩვენი გენეტიკური აგურის ნაწილი იქნება.

ფიზიკის თეორია

ღარიბებს და მდიდრებს, აქვთ და არა აქვთ

ფიზიკის კანონები თანაბრად ვრცელდება ყველასათვის

ყველა ცოცხალ არსებას ვაშლი ყოველთვის დაეცემა

თუმცა ვაშლის ხეები შეიძლება იყოს მოკლე ან მაღალი

გრავიტაცია ერთნაირია ყველა თამაშისთვის, იქნება ეს კრიკეტი თუ ფეხბურთი

ფიზიკის მშვენიერება ის არის, რომ ის არასოდეს ასხვავებს

არა როგორც კანონის უზენაესობა, რომელიც ყოველთვის ცდილობს დიფერენცირებას

ბუნება მარტივია, ისევე როგორც ბუნების კანონები, ფიზიკა მხოლოდ ხსნის

რამდენად მარტივად შეუძლია ადამიანის ტვინს გაგება, ეს არის მთავარი ლოგიკა

ბუნების ნებისმიერი კანონის გასაგებად, ჩვენ გვჭირდება ჩვენი ტვინი ვარჯიში

ფიზიკის ჰიპოთეზის უმეტესი ნაწილი პირველად გამოთვლებით იქნა მიღებული

ასე რომ, ზოგიერთ ბუნებრივ მოვლენას, ჩვენ შეგვიძლია მარტივი ახსნა გვქონდეს

თეორიები, როცა ექსპერიმენტებით შემოწმდება და არასწორია

ისინი განადგურდნენ კაცობრიობის ცივილიზაციისგან ჭეშმარიტმა თეორიებმა გაუძლო ექსპერიმენტების გამოცდას და გაძლიერდა.

რაც მოხდა, მოხდა

ჩვენი თავისუფალი ნების მიუხედავად, ყველაფერი სხვაგვარად ხდება

რაც არ უნდა მომხდარიყო, ჩვენ არ გვაქვს არჩევანი, რომ შევცვალოთ

რაღაცეები ან ინციდენტები ხდება მაშინ, როცა ეს უნდა მოხდეს

ჩვენ არ გვაქვს ალტერნატივა, გარდა იმისა, რომ მივიღოთ რეალობა

ამ დრომდე ტექნოლოგია ვერ გვაბრუნებს წარსულში

ფიზიკა ამბობს, რომ არ არსებობს განსხვავება წარსულს, აწმყოსა და მომავალს შორის

სამივე დომენში დრო ერთი და იგივე მახასიათებლისა და ბუნებისაა

მაგრამ ჩვენი ტვინი მოვლენის ჰორიზონტზე სინათლის სიჩქარით არის დაკავშირებული

ილუზიას, რომელსაც დრო ჰქვია, შეუძლია მხოლოდ ჩვენი მყისიერი პოზიციის განსაზღვრა

ეს შეიძლება იყოს მიზეზი, რის გამოც ბევრი რელიგია ფიქრობს, რომ ცხოვრება ილუზიაა

არც კლასიკურ მექანიკას და არც კვანტურ მექანიკას არ აქვს ახსნა

რატომ აქვს ორ ადამიანს ერთი და იგივე დნმ-ის კოდით განსხვავებული ემოციური გამოხატულება

თუ დრო ილუზიაა და ჩვენ ვცხოვრობთ სამგანზომილებიან ჰოლოგრამაში

მერე როგორ და ვინ გააკეთა ამხელა პროგრამირება საკითხავია

მაგრამ რეალობა ისაა, რომ ჩვენი თავისუფალი ნების ვაიძულოთ, გამოსავალი არ გვაქვს.

რატომ არის ემოციები სიმეტრიული?

ღარიბი თუ მდიდარი, წარმატებული თუ წარუმატებელი ყველა ფუნდამენტური ნაწილაკების გროვაა

ძლევამოსილი მეფეების სხეულში ატომები არ განსხვავდებოდა მისი ქვეშევრდომებისგან

ემოციებს მოაქვს იგივე სიხარული, ბედნიერება და ცრემლები, განურჩევლად რასისა

როდესაც იესო ჯვარს აცვეს, მისი სხეულის ტკივილი არ განსხვავდებოდა სხვებისგან

არავინ იცის, რელიგიის, ერების სახელით, რატომ ვხოცავთ სხვებს

ცხოველებშიც კი ემოციები ერთნაირი და სიმეტრიულია

როდესაც ადამიანები კლავენ მათ სიამოვნებისთვის, ადამიანის ემოცია არ არის ინტელექტუალური

ადამიანს არასოდეს უფიქრია, რომ სამყაროში ყველაფერი ერთი და იგივე მასალისგან შედგება

ამიტომაც არის იესოს ჯვარცმა მნიშვნელოვანი და ცივილიზაციისთვის არა პერიფერიული

ადამიანის სიცოცხლის არსებობისთვის, ემოციები, როგორიცაა სიყვარული, სიმულვილი, რისხვა, რაციონალური უნდა იყოს

როცა ვივიწყებთ ცხოვრების სიმეტრიას და არ ვგრძნობთ სხვის ტკივილს

იესოს მსხვერპლი ამაო იქნება და ჩვენი ცხოვრება გიჟური იქნება

მორალი, ეთიკა, კაცობრიობა დაინგრევა, თუ ნაწილაკები ასიმეტრიული გახდება

ფიზიკის, ფილოსოფიის და მეცნიერების ყველა თეორია ჰიპოთეტური იქნება

ამ სამყაროში ცოცხალი არსებების არსებობისთვის აუცილებელია და არა მსგავსება, სიმეტრია.

ღრმა სიბნელეში ასევე ჩვენ მივდივართ

როცა ცხოვრების ღრმა სიბნელეში შევდივარ

ვცდილობ, ძალა გავაძლიერო

გზა ძალიან მოლიპულა გადასაადგილებლად

ჩემი ჯოხი უფრო მნიშვნელოვანია, ვიდრე ჩემი ლოცვა

მიუხედავად ამისა, ლოცვები ციცინათელავით გვიჩვენებს გზას

წინსვლას, ყოველ ღამე ვცდილობ

ღამეები არასოდეს გახდება დღე

ეს არის ბუნების კანონი

სიბნელეში უფრო შორს უნდა წავიდე

დაცემის შედეგად დაზიანების შიში ბუნებრივია

კლდიდან გადახტომა მოგზაურობის დასასრულამდე არანორმალურია

ჩვენ გენეტიკური კოდისა და ინსტინქტის მონა ვართ

სიბნელეშიც კი გადაადგილება და ცხოვრება საბაზისოა

ასე რომ, მივდივარ და ვაგრძელებ, არ ვიცი ჩემი დანიშნულება

მაგრამ ღრმა სიბნელეში სტატიკური დარჩენა არ არის გამოსავალი.

არსებობის თამაში

მნიშვნელოვანია დინამიური წონასწორობა დამკვირვებელსა და ფუნდამენტურ ნაწილაკებს შორის

ქვედა რიგის ცხოველებისთვის, თვალის ხედვისა და სექსუალური გამრავლების გარეშე, არსებობს განსხვავებული სამყარო

მათ არ იციან მშვენიერი სამყაროს მრავალფეროვანი სილამაზე, თუმცა აქვთ სენსორული მექანიზმი

მსოფლიოსა და გალაქტიკებისთვის დაბალი რიგის ცოცხალ არსებებს შეიძლება ჰქონდეთ განსხვავებული ვარაუდები

მაგრამ ისინი ასევე არიან სამყაროს დამკვირვებლები, ამას უდავოდ ადასტურებს ორმაგი ჭრილობის ექსპერიმენტი

სიბრმავე ადამიანებშიც კი სამყაროს განსხვავებული აღქმა ექნება

მხოლოდ საკუთარი ფანტაზიით და სხვების მოსმენით, სამყარო განვითარდება

ძველ დროში ყრუ, სმენის აპარატის გარეშე, შეიძლება ეგონა, სამყარო დუმს

ექვსი ბრმა მამაკაცის მიერ სპილოს მონახულების ამბავი არ არის მხოლოდ ამბავი, არამედ ძალიან აქტუალური

ხილულ და უხილავ სამყაროში ყველაფერი უცნაურად არის დაკავშირებული კვანტური ჩახლართულობით

ჩემთვის სამყარო არ არსებობს, როცა მოვკვდები, ჩვენი წინაპრებისთვის სამყარო უკვე არ არსებობს

დაკვირვება ასევე ორმხრივი პროცესია სივრცის, დროის, მატერიის და ენერგიის არსებობისთვის

ჩემ გარეშე, ჩემთვის, სამყარო ფართოვდება თუ იკუმშება, შედეგიც კი არ არის

როგორი პატარაც არ უნდა ვიყო, სამყაროც შეიძლება დამაკვირდეს, სანამ მის სამფლობელოში ვარსებობ

ჩემი წასვლის შემდეგ, სამყარო არსებობს ჩემთვის თუ მე სამყაროსთვის, იგივეა.

ბუნებრივი შერჩევა და ევოლუცია

ბუნებრივი გადარჩევა და ევოლუცია ყოველთვის არის ოპტიმიზაციისა და საუკეთესოს მისაღწევად

მაგრამ ჰომო საპიენსის ევოლუციის შემდეგ, როგორც ჩანს, ბუნება დიდხანს ისვენებს

განადგურებისა და მშენებლობის ტექნოლოგია შექმნილია და შემუშავებულია მამაკაცების მიერ

ჩვენ ახლა გვაქვს გენეტიკურად შემუშავებული საკვები შიმშილის მოსაშორებლად, მაგრამ ფრინველის გრიპმა აიძულა ჩვენი ქათამი დაგვეკლა.

ბირთვული ტექნოლოგია არის ენერგიის მიწოდებისთვის და ასევე მსოფლიოს განადგურებისთვის

ვერავინ იძლევა იმის გარანტიას, რომ ერთ დღეს ბირთვული ღილაკი არ გაიხსნება

ბუნებას შეეძლო ადვილად გაეკეთებინა ადამიანის თავი სიმეტრიული, ოთხი თვალით და ოთხი ხელით

მაშინ ბრუტუსის ზურგის დარტყმა, სამუდამოდ ადამიანური ცივილიზაციისგან, წავიდოდა

შეიძლება იყოს ერთი თავი ორი თვალით და ორი ხელით არის ბუნების უმაღლესი ოპტიმალური დონე

ადამიანის ფიზიოლოგიური სტრუქტურის შემდგომ განვითარებას ბუნება არ უჭერს მხარს

უნდა გააკეთონ თუ არა ეს გენეტიკურმა ინჟინრებმა და ხელოვნურმა ინტელექტმა, ახლა ეთიკური საკითხია

მაგრამ თუ შრედინგერის კატას ყუთში შევინახავთ, როგორ მიიღებს კაცობრიობა ლოგიკურ გამოსავალს?

ფიზიკა და დნმ კოდი

როგორ ხსნის ფიზიკა და კვანტური მექანიკა მორალსა და ეთიკას

ეს მნიშვნელოვანია ადამიანის ცხოვრებაში და ემოციების გამოხატვა არის საფუძვლები

მორალის, ეთიკის, პატიოსნების, ძმობის გარეშე ცივილიზაცია შეუძლებელია

შემთხვევითი კვანტური ორბიტაზე ადამიანის სიცოცხლე დამღუპველი და საშინელი იქნება

შეიძლება მართალი იყოს და ხალხის მკვლელობის შეჩერება, უბრალოდ კანონით, შეუძლებელი იქნება

ადამიანის ცხოვრება უფრო რთულია, ვიდრე ჩვენ შეგვიძლია ვივარაუდოთ და ავხსნათ ბიოლოგიის საშუალებით

არცერთ წმინდა წერილში არ არსებობს ისტორია, თუ როგორ გავხდით ადამიანები მაიმუნიდან, ქრონოლოგიასთან ერთად

მიუხედავად ამისა, ჩვენ სიბნელეში ვართ კიბოს პროფილაქტიკური და სამკურნალო მედიცინის გამოგონებაში

შეუძლია თუ არა გენეტიკა და ხელოვნური ინტელექტი სამუდამოდ ამოიღოს ყველა დაავადება სამყაროდან?

რაც უფრო შორს მივდივართ რეალობის ჭეშმარიტებამდე, უფრო მეტი კითხვაა, ვიდრე პასუხი

ცხოვრების გაურკვევლობა ჩვენს დნმ-ში შიშისა და ცრურწმენის კოდია ჩაწერილი

დაბადებისა და სიკვდილის მიზეზი, სამეცნიერო თეორიებში, არ არსებობს დადასტურებული გამოსავალი

ზებუნებრივი ძალის მიმართ გაურკვევლობის პრინციპი უფრო აძლიერებს რწმენას

ფიზიკის თეორიებთან ერთად ჩვენი რწმენით ტარების ალტერნატივა არ არსებობს

ღმერთის დადასტურებული განტოლების გარეშე დნმ-ის კოდის შესაცვლელად, რელიგია გააგრძელებს აყვავებას.

რა არის რეალობა?

რეალობა მხოლოდ მატერიალური სამყაროა, რომელსაც ჩვენი ორგანოებით ვხედავთ და ვგრძნობთ?

ან ეს არის მხოლოდ ილუზია (მაია), როგორც ეს ახსნილია რელიგიებით

არის თუ არა კვანტური ფიზიკა და ფუნდამენტური ნაწილაკები რეალური მოთამაშეების პოზიციაზე?

მერე რაც შეეხება ჩვენს ცნობიერებას და სხვა ადამიანურ ემოციებს

ახლა, ფიზიკა ასევე ამბობს, რომ კვანტურ სამყაროში ჩვენ მხოლოდ ადგილობრივად რეალური ვართ;

სიცოცხლის მიზანი, ცნობიერება, სული და ღმერთი ჯერ კიდევ ფიზიკის მიღმაა

ჩვენი გამოცდილება და ცივილიზაციის სწავლებები ყოველთვის ავითარებს ჩვენს ეთიკას

რეალობა დინამიური და განსხვავებულია ბავშვისთვის, ახალგაზრდასთვის და მომაკვდავი კაცისთვის

მიუხედავად ამისა, სიყვარული, სიძულვილი, ეჭვიანობა, ეგო და სხვა ემოციები გენეტიკური კოდია

ყველა ეს თვისება და ინსტინქტები, სწავლებები და გამოცდილება ასევე არ შეიძლება გაქრეს

რეალობა ასევე მოდის პაკეტებში, როგორიცაა ფრთხილი კვანტური ნაწილაკები

ცნობიერების, უწყვეტობის გარეშე, სამყაროში ცხოვრება შეუძლებელია

თუ რეალობა ილუზიაა, ვცხოვრობთ თუ არა ვინმეს მიერ შექმნილი ჰოლოგრამის სამყაროში

მეცნიერება ასევე ამბობს, რომ რეალობის ეს კონცეფცია არ არის სრული აბსურდი

სანამ არ დავადასტურებთ პარალელურ სამყაროს, მოდით ვიცხოვროთ აქ სიყვარულით, ძმობითა და თანაგრძნობით.

მოწინააღმდეგე ძალები

არის თუ არა ყოველდღე ბედნიერი ყოფნა ადამიანის ცხოვრების მიზანი

ან მხოლოდ კომფორტისთვის და ტკივილის შესამცირებლად უნდა ვიბრძოლოთ

უფრო დიდხანს ცხოვრება და სიმდიდრის დაგროვება ყველა მიზანს ემსახურება

ან სილამაზისა და სიმართლის მიება ყველა ადამიანმა უნდა შესთავაზოს

ვერც ერთი იმ ყველაფრისგან, რასაც ადამიანები ვერ ეწინააღმდეგებიან

თუნდაც მატერიალურ ცხოვრებაზე უარი ვთქვათ და ბერი გავხდეთ

ტკივილი, დაავადებები და ტანჯვა შეიძლება მოვიდეს და აიძულოს დარეკოს

ბერს და განმანათლებელ მქადაგებლებს შიმშილიც აქვთ

ხალხი ისევ უბრუნდება ნორმალურ ცხოვრებას და ამბობდა, რომ უარის თქმა შეცდომა იყო

არსად არის დედამიწაზე წვიმა ღრუბლებისა და ჭექა-ქუხილის გარეშე

ბუნების ერთ-ერთი ძირითადი ინსტინქტი მრავალფეროვნების ხელშეწყობაა

მრავალფეროვნების გარეშე ადამიანებსაც არ შეუძლიათ კეთილდღეობის მოლოდინი

პროტონთან და ნეიტრონთან, ელექტრონები ასევე უნდა იყვნენ სოლიდარულები

ყველა ადამიანის ემოცია ასევე ვერ იარსებებს სიმეტრიის გარეშე

ადამიანის სხეულში ცხოვრება იდუმალი და კომპლიმენტია.

დროის გაზომვა

დრო არის მხოლოდ ილუზია და ამიტომ მას უწოდებენ სივრცე-დროის დომენი, რათა იცოდეთ მისი მნიშვნელოვანი

დღევანდელი მომენტის არსებობა ძალიან ნომინალურია, დამოკიდებულია გაზომვაზე

გაზომვა შეიძლება იყოს მეორე, მიკრო წამი, ნანოწამი ან მეტი

წარსული, აწმყო და მომავალი გადაფარავს ადამიანის ტვინს დღევანდელი დღის გასაგებად

ფიზიკაში არ არსებობს განსხვავება წარსულ აწმყოსა და მომავალს შორის და სიჩქარე მნიშვნელოვანია

დრო შეიძლება იყოს ბუნების თვისება თერმოდინამიკური ბალანსისთვის ენტროპიის მეშვეობით

ან ტალღის ფუნქციის დაშლის გზით დაშლის და სიკვდილის გამოვლინების პროცესი

მზის სისტემისთვის დრო არ იყო, სანამ პლანეტები მზის ბრუნვას დაიწყებდნენ

არც მატერია, არც ენერგია, არც ფუნდამენტური ნაწილაკი, არც ტალღა, და მაინც დრო არის ნამდვილი გართობა

ცოცხალი არსებების ემოციებისა და ძირითადი ინსტინქტების მსგავსად, დროც მოჩვენებითია, მაგრამ, როგორც ჩანს, დრო ყოველთვის გადის

სივრცე, დრო, გრავიტაცია, ბირთვული ძალები და ელექტრომაგნიტიზმი მშვენივრად არის შერეული

ფიზიკურ სფეროში დროის გამოყოფა სხვა ბუნებრივი თვისებებისგან შეუძლებელია

დღევანდელი დროის საზომი სისტემა მხოლოდ ადამიანის მიერ შექმნილი დროის ცხრილია

ფარდობითობაც კი იქნება ფარდობითობა პარალელური სამყაროების მიმართ, თუ ის ნამდვილად არსებობს ფიზიკურად

ტვინის გაგება და დროის გაზომვა შეიძლება სრულიად განსხვავებული იყოს.

არ დააკოპიროთ, წარმოადგინეთ საკუთარი ნაშრომი

მარხვა, აწმყო და მომავალი ყველა ერთიანია დაბადების მომენტში, როგორც ატომი

დაბადების შემდეგ სიცოცხლე მყისიერად ხდება შემთხვევითი, როგორც ორბიტაზე მოძრავი არასტაბილური ელექტრონი

როგორც ცხოვრება მიდის, ის ცისარტყელას ბუშტს ჰგავს, რომელიც სხვადასხვა ფერს ასხივებს

ასევე, ნელ-ნელა გადაინაცვლებს სიკვდილის ხეობაში, დამარცხებული ომის ტყვევით

ისევ წარსული, აწმყო და მომავალი გაერთიანდა და ცხოვრება პიონერად მთავრდება

დამკვირვებელი უნდა არსებობდეს სამყაროზე დასაკვირვებლად, რადგან სიკვდილის შემდეგ არანაირი მნიშვნელობა არ აქვს მატერია-ენერგია, სივრცე-დრო.

ცხოვრება ენერგიული და მნიშვნელოვანი გავხადოთ ერთიანი მომენტიდან ერთიან მომენტამდე. მთავარია

ყველაფერი არამატერიალური და უაზრო, როგორც კი დამკვირვებელი წავა

ტკივილი, სიამოვნება, ეგო, ბედნიერება, ფული, სიმდიდრე ყველაფერი გაქრება და დაიშლება

წერტილიდან წერტილამდე მნიშვნელოვანია, ცხოვრებიდან სიყვარული, ბედნიერება, სიხარული და მხიარულება არ განშორდება

თუ ცხოვრება მხოლოდ ვიბრაციაა, როგორც ეს ახსნილია სტინგის თეორიით, შესაძლოა ვინმე გიტარაზე უკრავს

იგივე მელოდია, რა თქმა უნდა, მარადიული მუსიკოსი სამუდამოდ არ დაგვიკრავს

იცეკვე მელოდიაზე რაც შეიძლება სრულყოფილად და ისიამოვნე სანამ არსებობს

მოვლენათა ბუნებრივ დინებას ვერცერთი მოცეკვავე ვერ აარიდებს თავს ან მის შედეგს ჩვენ შეგვიძლია წინააღმდეგობა გავუწიოთ

მიჰყევით საკუთარ ikigai-ს და ისიამოვნეთ მელოდიით და ბოლოს წარმოადგინეთ თქვენი მშვენიერი დისერტაცია.

ცხოვრების მიზანი არ არის მონოლითური

ფუნდამენტური ნაწილაკების შემთხვევითობასა და უმიზნო არსებობაში

არც ისე ადვილი და მარტივია საკუთარი ცხოვრების მიზნისა და გამოცდილების გარკვევა

ყოველ მომენტში, როდესაც ვცდილობთ წინსვლას, არის შიდა და გარე წინააღმდეგობა

გონება გადაადგილდება შემთხვევით, როგორც ელექტრონი, გრავიტაცია იზიდავს ყოველ მოძრაობას

ბიოლოგიური მოთხოვნილებების დასაკმაყოფილებლად, ჩვენ ვიქნებით დაკავებული საკვების, ტანსაცმლისა და თავშესაფრის დავალებების შეძენით.

კარგია, რომ ჩვენმა წინაპრებმა საავტორო უფლებების დაუცველად გამოიგონეს ცეცხლი, ბორბალი, სოფლის მეურნეობა

წინააღმდეგ შემთხვევაში, პროგრესი, ცივილიზაცია არ იქნებოდა მრავალფეროვანი და ფერადი, მაგრამ წყალგაუმტარი

ძველი ცივილიზაციების დროსაც კი, ზოგიერთ ადამიანს აწუხებდა ცხოვრების მიზანი ფიზიკური საჭიროების მიღმა

ასე რომ, საზოგადოებისა და კაცობრიობისთვის, მათ წამოაყენეს ჰიპოთეზა, ფილოსოფია ადამიანის სიხარბის დასაბალანსებლად.

მაგრამ აქამდე, გარდა ცხოვრებისა, მეცნიერებამ და ფილოსოფიამ ვერ დაადგინეს რა არის ადამიანის ჯიშის მიზანი

ბევრი ჩვენგანისთვის ცხოვრების მიზანი სილამაზისა და ჭეშმარიტების ძიებაა საკუთარი მიზნის საპოვნელად

ჩვენი არსებობა შეიძლება იყოს ილუზია ყოველგვარი მიზეზის გარეშე, მაგრამ ჩვენი ისტორია, ლამაზად შეგვიძლია შევადგინოთ

ბოლოს და ბოლოს, ვიპოვეთ თუ არა ჩვენი მიზანი, უნდა დავემორჩილოთ სიკვდილის კანონს

ჯობია იყო ბედნიერი და ისიამოვნე ცხოვრებით სიყვარულით, ქველმოქმედებით და იმოგზაურო მსოფლიოში საკუთარი რწმენით

არცერთი ადამიანი არ არის კუნძული, ადამიანის ცხოვრება ვითარდება უწყვეტი ევოლუციის გზით, მიზანი არ არის მონოლითი.

აქვთ თუ არა ხეებს დანიშნულება?

აქვს თუ არა რაიმე დანიშნულება ცალკეულ ხეს, რომელსაც შინაგანად დაბალი ცნობიერება აქვს?

ვერც მოძრაობს, ვერც ლაპარაკს, ვერც ემოციებს, როგორიცაა სიყვარული, ეგო ან სიძულვილი

სასიცოცხლოდ საჭიროა მხოლოდ საკვები, რომელიც თავისუფლდება ჰაერი, წყალი და მზის შუქი

მოამზადეთ საკუთარი საკვები ქლოროფილის მეშვეობით ფოტოსინთეზის გზით და დადგით როგორც ხე

არავითარი ეგოიზმი, გარდა ცხოვრებისა და შთამომავლობის გამრავლების ინსტინქტისა

მაგრამ ეკოსისტემაში, მთლიანობაში ხეებს ბევრად უფრო დიდი დანიშნულება აქვთ სხვა ცხოველებისთვის

ფრინველებს და მწერებსაც კი შეიძლება ჰქონდეთ უფრო მაღალი ცნობიერება, ვიდრე ხეები

მიუხედავად ამისა, ხეების გარეშე ფრინველებს არ აქვთ საკვები ან თავშესაფარი ან სუნთქვისთვის საჭირო ჟანგბადი.

უმაღლესი რიგის ცხოველი, სპილო, ატომების დიდი აგრეგაციის მქონე ჯუნგლების გარეშე ვერ გადარჩება

მთლიანობაში, ერთად საცხოვრებლად, ხეების ირგვლივ, გადარჩენისთვის საშუალებას აძლევს სხვა ცოცხალ არსებებს სტრუქტურები

ჩვენ, ჰომო საპიენსები, ცნობიერების უმაღლესი დონით, ერთნაირად ვართ დამოკიდებული ხეზე

მაგრამ ჩვენი ცნობიერება საშუალებას გვაძლევს, როგორც უზენაესი ცხოველი, მოვჭრათ ხეები, ჩვენ თავისუფლები ვართ

ინტელექტისა და ტექნოლოგიების წყალობით, ჩვენ შეგვიძლია შევქმნათ საკუთარი ეკოსისტემები

ბეტონის ჯუნგლები ჟანგბადის სალონებით, ყოველთვის სასურველი და უკეთესი თავშესაფრები

ევოლუციაში ხეები ჩვენამდე მოვიდა და თუ დანიშნულება გვაქვს, ამ საკითხში ხეები უცხო არ არიან.

ძველი დარჩება ოქრო

ცეცხლი, ბორბალი და ელექტროენერგია, აღმოჩენები, რომლებმაც შეცვალეს ჯაცობრიობის ცივილიზაცია, ჯერ კიდევ ყველაზე მნიშვნელოვანია

ცხოვრების უკეთესი ხარისხისა და მეცნიერების, ტექნოლოგიებისა და ცივილიზაციის პროგრესისთვის ისინი ყოვლისშემძლეები არიან

თანამედროვე ცივილიზაციისთვის ისინი კვლავ ჟანგბადსა და წყალს ჰგვანან, რომელთა გარეშე სიცოცხლე შეუძლებელია

თანამედროვე ცივილიზაციის სამება, განურჩევლად ახალი ტექნოლოგიებისა, ყოველთვის შენარჩუნდება

ელექტროენერგიის გარეშე ასევე დაიღუპება თანამედროვე საჭიროება, კომპიუტერი და სმარტფონი

ცივილიზაცია ასევე მიჰყვება ევოლუციის გზას, ყველაზე მნიშვნელოვანი პირველი აღმოჩენილი

მაგრამ მათი მნიშვნელობა ჰაერივით უხილავი ხდება ადამიანისთვის, თუმცა მათ არ შეუძლიათ ჟანგი

ჩვენ ვგრძნობთ ცეცხლის მნიშვნელობას, როდესაც სამზარეულოს გაზის ბალონი ცარიელია და ცეცხლი არ არის

როდესაც თვითმფრინავის ბორბალი ვერ გამოდის დაშვებისას, დაძაბულობა, რომელსაც ვგრძნობთ, იშვიათია

ელექტროენერგიის გარეშე, მთელი მსოფლიო გაჩერდება, ყოველგვარი კომუნიკაციის გარეშე

ძველი ოქროა, გამოიყენება კიდევ ბევრ აღმოჩენასა და გამოგონებაზე, რაც ახლა არ არის მნიშვნელოვანი ჩვენი გონებისთვის

მაგრამ, იფიქრეთ ანტიბიოტიკებზე და ანესთეზიაზე, რომლის გარეშეც ჩვენი დღევანდელი ჯანმრთელობა შეიძლება გაკეთდეს

კომპიუტერი და სმარტფონები ახლა პოპულარობის პიკზეა და აღქმული იმპოტენციაა

მაგრამ ისინი არ არიან საბოლოო და საუკეთესო გამოსავალი ცივილიზაციისა და კაცობრიობისთვის

რაღაც ახალ და უნიკალურ გაჯეტებსა და ტექნოლოგიას, ადრე თუ გვიან, მეცნიერები იპოვიან.

გამოწვევა მომავლისთვის

ცივილიზაციის ისტორია სავსეა ომით, ნგრევითა და ადამიანების მკვლელობით

მაგრამ ყველა ადამიანის მიერ შექმნილი სიტუაციის გადალახვით ცივილიზაცია არ გაჩერებულა

სტიქიამ გაანადგურა წარსულში მრავალი აყვავებული ცივილიზაცია

მიუხედავად ამისა, პროგრესისა და ცხოვრების უკეთესი ხარისხის მიების იმპულსი მიდის და გრძელდება

იყვნენ ცუდი მეფეები, რომლებმაც დახოცეს მილიონები და ასევე გონიერები, როგორც მეფე სოლომონი

ყველა აღმოჩენა და გამოგონება ხდება იმ ადამიანების მიერ, რომლებიც ფიქრობენ შავი ყუთიდან

ერთ დღეს ადამიანმა შესძლო მრავალი მკვლელი დაავადების აღმოფხვრა, როგორიცაა ჩუტყვავილა

თანამედროვე ფიზიკის მეცნიერება გალილეოსა და ნიუტონის წარმოსახვით დაიწყო

კაცობრიობისთვის აინშტაინმა თქვა, რომ წარმოსახვა მნიშვნელოვანია, ვიდრე ცოდნა

სამყაროს შესასწავლად, წარმოსახვით, მეცნიერები აჩვენებენ თავიანთ ერთგულებას

კვანტური ფიზიკის მთელი ახალი სამყარო გამოვიდა, როგორც მშვენიერი ლექსი, რომელიც ხსნის რეალობას

კვანტურმა მექანიკამ ასევე გახსნა ადამიანის ცივილიზაცია, უთვალავი შესაძლებლობა

თუმცა ჩვენ უფრო მეტი კითხვა გვაქვს, ვიდრე პასუხები დროის, სივრცისა და გრავიტაციის შესახებ

ახალი ხალხი აყალიბებს ახალ ჰიპოთეზას, თეორიას და ატარებს ახალ ექსპერიმენტებს ბუნების შესაცნობად

ამავე დროს, ეკოლოგიის, გარემოს და ბიომრავალფეროვნების დაბალანსება დიდი გამოწვევაა მომავლისთვის.

სილამაზე და ფარდობითობა

სამყარო მშვენიერია ოკეანეებით, მთებით, მდინარეებით, ჩანჩქერებით და სხვა

ხეები, ჩიტები, პეპლები, ყვავილები, კნუტი, ლეკვები, ცისარტყელა არის ბუნების მაღაზიაში

მაგრამ სილამაზე არ არის აბსოლუტური და ეს დამოკიდებულია იმაზე, თუ როგორ დააკვირდება ბუნებას

სილამაზის გრძნობები იცვლებოდა თაობიდან თაობას და კულტურა კულტურაში

და ამიტომაც არის სილამაზე ფარდობითი და რაც მთავარია, დამკვირვებელი უნდა იყოს

დამკვირვებლის გარეშე, რომელსაც აქვს ცნობიერება და თვალი ხედავს და ტვინი გრძნობს, სილამაზეს არ აქვს მნიშვნელობა

ადამიანისთვისაც არ აქვს მნიშვნელობა ოკეანეების ქვეშ შეუსწავლელ და არნახულ სილამაზეს

ბუნების სილამაზით ტკბობა ინდივიდუალური არჩევანია და ქალიც კი შეიძლება ვინმესთვის უფრო ლამაზი იყოს

ეს არ ნიშნავს, რომ ჰომო საპიენსი მამაკაცი სულაც არ არის სიმპათიური

მამაკაცებისა და ქალების სილამაზის განმარტება განსხვავებულია.

დინამიური წონასწორობა

მილიონობით წელი დასჭირდა დედა დედამიწას დინამიური წონასწორობის მისაღწევად

დედამიწისა და ევოლუციის დასაწყისიდან, ბუნება მოძრაობდა ქანქარივით

როდესაც მსოფლიო კლიმატმა მიაღწია დინამიური წონასწორობის მდგომარეობას და გადავიდა

ევოლუციის პროცესმა შექმნა ინტელექტუალური ცხოველები, რომლებსაც ჰქვია ადამიანი

ადამიანმა დაიწყო პროგრესისა და კეთილდღეობის საკუთარი კონცეფცია

ბუნებრივი ლანდშაფტი, გარემო ახირებულად გააბინძურეს

ბორცვები გაჩეხილი იყო ვაკეებად; წყლის ობიექტები გახდა საცხოვრებელი სახლი

ტყეები გადაკეთდა უდაბნოებად, სადაც ხეები და მცენარეები ჭრიან

მდინარეები დაიბლოკა და იქცა დიდ ტბებად, რომლებიც ჩაძირული მცენარეულობით

წყლის ციკლის დინამიური წონასწორობა იწყებს დეგრადაციას

გლობალური დათბობა ახლა უბიძგებს კლიმატს არასტაბილური ცვლილებებისკენ

ადამიანის მიერ გამოწვეული დაბინძურება ახლა არ არის მათი ტოლერანტობის დიაპაზონში

წყალდიდობა, მყინვარების დნობა, ცივი ქარიშხალი ახლა ქმნის ქაოსს

დინამიური წონასწორობის აღსადგენად ახალი ტექნოლოგია ჰომო საპიენსი უნდა განბლოკოს.

ვერავინ შემაჩერებს

ვერავინ შემაჩერებს, ვერავინ გამიფანტავს ყურადღებას

ჩემი სული დაუოკებელია, ჩემი დამოკიდებულება პოზიტიურია

არც ცა და არც ჰორიზონტი არ არის შემზღუდველი ფაქტორი

მე თვითონ ვარ ჩემი ფილმის მსახიობი და რეჟისორიც

დაბრკოლებები მოდიან და მიდიან, როგორც დღე და ღამე

მაგრამ მე არასოდეს მიმიღია დამარცხება ცხოვრებისეულ ბრძოლაში

ზოგჯერ, რინგზე, ჩემი პოზიცია დაძაბული იყო

მიუხედავად ამისა, მთელი ძალით და ძალით დავბრუნდი

ხალხი, ვინც ერთხელ დამცინოდა, როგორც შეშლილი და გიჟი

ყოველდღიური პურის და კარაქის გამომუშავებას ახლაც დაკავებულია

მე რომ მოვისმინო მათი შენიშვნები და მიმეღო დამარცხება

დღეს, ტალახზე დაცემით, ვიტყოდი, ეს ჩემი ბედია.

მე არასოდეს მიცდია სრულყოფილება, მაგრამ ვცდილობდი გაუმჯობესება

არასდროს ვცდილობდი ვიყო სრულყოფილი რომელიმე საკითხში ან ჩემს შემოქმედებაში

სრულყოფილება არ არის დანიშნულება, არამედ უწყვეტი პროცესი

ბუნებრივზე უკეთესი ვარდის დამზადება არავის შეუძლია

ბუნება ასევე ევოლუციის გზით სრულყოფილებამდე მიდის

მილიარდობით წლის შემდეგაც კი ბუნება მაინც უკეთესობისკენ მიისწრაფვის;

როდესაც ჩვენ კონცენტრირდებით მხოლოდ სრულყოფილებაზე, ჩვენი მოძრაობა შენელდება

ჩვენ ყურადღებას ვაქცევთ მხოლოდ ხელთ არსებულ სამკაულს და ვაპრიალებთ მას სრულყოფილ გვირგვინამდე

მოგზაურობისას ბევრი რამ გამოგვრჩა ცხოვრებაში და ასევე მრავალფეროვანი ტყე

სრულყოფილების ძიება ჩვენს ხედვას ავიწროებს და ცხოვრებას ტურისტებზე შეზღუდული ხდის

ივარჯიშე უკეთესობისკენ, ეს დასჭირდება სრულყოფისკენ შეზღუდვის გარეშე;

გააკეთეთ ბენჩმარკინგი საუკეთესოზე უკეთესისკენ და არა როგორც აბსოლუტური

ცვლილება ყოველ წამს ყოველგვარი ინტიმაციისა და ოდის გარეშე ხდება

ბუნების კანონი და იმპულსი არის შეცვლა და ხვალინდელი დღის უკეთესი

თუ ჩვენ მივაღწევთ სრულყოფილებას, ჩვენი მოგზაურობა ჭეშმარიტებისა და სილამაზის საძიებლად დასრულდება

სიცოცხლეს აზრი არ ექნება, ამიტომ სამყაროც სხვანაირი იქნება.

მასწავლებელი

მასწავლებლისა და მოსწავლის ჩახლართულობა კვანტურ ჩახლართვას ჰგავს

მოსწავლის ურთიერთობა კარგ მასწავლებელთან მუდმივია

პატივისცემა მომდინარეობს მასწავლებლის პიროვნებიდან და ხარისხიანი სწავლებიდან

რასაც კარგი მასწავლებლისგან ვსწავლობთ, სამუდამოდ რჩება ჩვენს გონებასა და გულში

მასწავლებლის დღეს ყველა ჩვენს საყვარელ და შესანიშნავ მასწავლებელს გვახსოვს

მასწავლებლის პატივისცემა არ შეიძლება დაეკისროს ან აიძულოს მოსწავლეს

ხასიათი, ქცევა და სწავლების ხარისხი უფრო აქტუალურია

როდესაც მასწავლებელი ხდება მეგობარი, რომელსაც სჭირდება ემოციური და პირადი პრობლემები მოსწავლისთვის, მთელი ცხოვრება, მასწავლებელი რჩება ემბლემად

სიყვარული და პატივისცემა ორმხრივი პროცესია, ის უნდა არსებობდეს ყველა მასწავლებელში.

მოჩვენებითი სრულყოფილება

სრულყოფილება რთული დევნა, მოჩვენებითი და მირაჟია

არ დაედევნოთ პეპელა და არ დააზიანოთ მისი ფრთები

დღევანდელი დღის კეთება გუშინდელზე უკეთ არის მარტივი მიდგომა

დროულად მიაღწევთ სრულყოფილების სასურველ დონეს

ივარჯიშეთ, მიჰყავთ სრულყოფილებისკენ, ინჩი-ინჩი

ასევე მნიშვნელოვანია ოჯახთან ერთად თამაში სანაპიროზე

ეს ამოიღებს თქვენს ქოქოსის ქსელებს და დაგეხმარებათ მეტი ვარჯიშში

ერთ დღეს ქვიშიან ნაპირზე მშვენიერი პეპლები დაფრინავენ

ახალი ნივთების სრულყოფილებით შექმნა თქვენი მთავარი იქნება

ხალხი დააფასებს თქვენს შედეგებს, დადგება თქვენს კარზე.

დაიცავით თქვენი ძირითადი ღირებულებები

მე ყოველთვის ვიცავ ჩემს პრინციპებსა და ძირითად ღირებულებებს

ასე რომ, არ ვნანობ იმას, რაც გამომრჩა ან მოვიპოვე

სიმართლე და პატიოსნება, თუნდაც ყველაზე ცუდ სიტუაციაში, არასდროს მიმიტოვებია

ვალდებულებისთვის გაკოტრება მერჩივნა

ვიდრე სხვების მოტყუება თაღლითური საშუალებებით

ჩემი ფინანსური ზარალი ახლა დადასტურდა, რომ ჩემი გრძელვადიანი მოგებაა

სიმართლე, პატიოსნება და ერთგულება წვიმის დროს ქოლგა იყო

ხალხმა ჩემი რბილობით ისარგებლა ისე, რომ არ მიცნობდნენ

მაგრამ გრძელვადიან პერსპექტივაში, მე მტკიცედ ვიდექი, ჩემი დაჟინება არის მთავარი

ხალხი მოდიოდა და მიდიოდა, როცა ჩემი ღირებულებები მათ არ უჭერდა მხარს

დაჟინებითა და ღიმილით წინ ვატარებ ჩემს სამეფოს

ცარიელი კუჭით, როცა სხვების დადანაშაულების გარეშე მეძინა ცის ქვეშ

რაღაც უხილავი ძალა ყოველთვის ჩემს უკან დგას, როგორც მამაჩემი

პატიოსნება, მთლიანობა, სიმართლე არ არის სარაკეტო მეცნიერება

ჩვენ უნდა ჩავრთოთ ისინი, როგორც ჩვენი ცნობიერება და სინდისი

ღირებულებები ვერავინ გაზომავს, ფულის ან სიმდიდრის თვალსაზრისით

ყველა ღირებულება იცხოვრებს ჩემთან ერთად და ასევე წავა ჩემთან ერთად სიკვდილის დროს.

სიკვდილის გამოგონება

გამოგონება თუ სიკვდილის აღმოჩენა ჰომო საპიენსის პირველი აღმოჩენაა?

სიკვდილს უფრო მეტი მნიშვნელობა აქვს ცივილიზაციის პროგრესში, ვიდრე ცეცხლი და ბორბალი

დროის შეზღუდვამ უბიძგა ადამიანებს უკვდავების ცდაში

საბოლოოდ, ადამიანებმა გააცნობიერეს, რომ ყველა მცდელობა, რომ გახდეს უკვდავი, უშედეგოა

ცივილიზაცია მიდიოდა და აცნობიერებდა, რომ სიკვდილი არის საბოლოო რეალობა;

ბუდა, იესო და ჭეშმარიტების ყველა მქადაგებელი გარდაიცვალა, როგორც სხვა

მათ ასევე ასწავლეს, რომ სამყაროში ყველაფერი არარეალურია გარდა სიკვდილისა

მშვიდობა და არაძალადობა კაცობრიობისთვის უფრო მნიშვნელოვანია, ვიდრე ომი

თუმცა, ომისგან თავისუფალი ცივილიზაციისგან, ჰომო საპიენსი შორს არის

ახლა ისევ ადამიანები ცდილობენ უკვდავებას, გადადიან ვარსკვლავზე;

სიკვდილის რეალობის გაცნობის შემდეგაც კი ადამიანები ჩხუბობენ

უკვდავებასთან ერთად, როგორც სახეობა, ადამიანისთვის შეუძლებელი იქნება ინტეგრირება

ბირთვული იარაღით ხელში ხალხი დაივიწყებს საკუთარ სიკვდილს

ყველა ცოცხალი არსების განადგურება შეიძლება ერთ დღეს ჩვენი ბედი იყოს

მილიონობით წლის შემდეგ, ზოგიერთი საზოგადოება მთლიანად აღმოფხვრის ომს და სიძულვილს.

თავდაჯერებულობა

თავდაჯერებულობა მოგიტანს, თვითშეფასებას.

თავდაჯერებულობის გარეშე ოცნებას ვერ ასრულებ

თავდაჯერებულობით, ცოდნით და სიბრძნით უკეთ მუშაობს

თქვენი შრომა ერთად გიბიძგებთ ოცნებისკენ

ოცნება რეალობად იქცევა, როცა გადახვალ, მომავალში

დაჟინებას და შეუპოვრობას თავდაჯერებულობა მოჰყვება

მონდომებით, თქვენ შეგიძლიათ მარტივად გადალახოთ ყველა წინააღმდეგობა

თქვენი ოცნებები უფრო და უფრო დიდი გახდება

თქვენს დამოკიდებულებაში, ყოველ ნაბიჯზე, მხოლოდ ამის გაკეთება გამოიწვევს

თქვენი გონება, შესრულება, შედეგები სამუდამოდ შეიცვლება.

ჩვენ უხეში დავრჩით

როგორც ჩვენ უკან მივდივართ დროის სფეროში ყველაფერი არ იყო სრულყოფილი, მშვენიერი ჰომო საპიენსის გამოჩენა გიგანტური ნახტომია

ამის შემდეგ, ათასობით წლის განმავლობაში, ბუნება ინარჩუნებს ნელ პროცესს

ზოგჯერ ისმოდა რაღაც ხილული, გასაგონი სიგნალი ველით ჰომო საპიენსს, ევოლუციას სხვებისთვის, სამუდამოდ ძილს

სამყარო ჭკვიან ადამიანთა ფეოდად იქცა

კომფორტისთვის და სიამოვნებისთვის მათ ბევრი რამ აღმოაჩინეს

მიუხედავად ამისა, ბუნებრივმა პროცესებმა მრავალი ადამიანური რასა რგოლებიდან გამოაძევა

ბუნებრივი ძალები ჰომო საპიენსის კონტროლის მიღმა დარჩა

ასე რომ, ვახშამზე ბუნებრივი ძალები ადამიანებმა აიძულეს გადადგეს

ბუნებრივი ძალების გაკონტროლების ნაცვლად, ადამიანმა გაანადგურა მრავალფეროვნება

ეკოლოგიამ და გარემომ დაკარგა სილამაზე და მრავალფეროვნება

ჩვეულებრივი ჰომო საპიენსის დახოცვაც კი იყო

ჯვაროსნული ლაშქრობები და მსოფლიო ომები იბრძოდნენ მილიონობით ადამიანით შემთხვევით

იესო დიდი ხნის წინ ჯვარს აცვეს მშვიდობისა და ჭეშმარიტების სწავლების მცდელობისთვის

მაგრამ დღემდე ბუნების, გარემოს, ეკოლოგიისა და კაცობრიობის მიმართ ჩვენ უხეშები ვართ.

რატომ ვხდებით ქაოტური?

მშვიდობა, სიმშვიდე, ერთგვაროვნება და ერთი მსოფლიო წესრიგი შეუძლებელია

თერმოდინამიკის კანონები არის მიზეზი, ეს ძალიან მარტივია

უწესრიგო სამყაროდან წესრიგისკენ წასასვლელად, ენტროპია უნდა დაიწიოს

მაგრამ ენტროპიის კანონი არის მეცნიერება ერთ-ერთი ყველაზე მნიშვნელოვანი გვირგვინი

ფუნდამენტური ნაწილაკების წესრიგში დასალაგებლად, დრო უნდა შეიცვალოს;

ფიზიკაში არ არსებობს განსხვავება წარსულს, აწმყოსა და მომავალს შორის

ყველა ერთნაირია, როცა ამას ბუნების თვისებებიდან ვხედავთ

აწმყო შეიძლება იყოს მილი, მიკრო ან ნანოწამი გაზომვისთვის

დამკვირვებლის არსებობა ასეთი დაკვირვების კეთებისას უფრო მნიშვნელოვანია

შავი ენერგია, ანტიმატერია და მრავალი სხვა განზომილება ჯერ კიდევ ყოვლისშემძლეა

ყველა განზომილების ცოდნის გარეშე, ჩვენ შეგვიძლია ავხსნათ სამყარო, როგორც ბლაინდები ხსნიან სპილოს

მაგრამ საბოლოო ჭეშმარიტების მარტივად ახსნისთვის, ყველა უცნობი განზომილება მნიშვნელოვანია

კვანტური ალბათობა ასევე არის ალბათობა სივრცე-დროის უსასრულო დომენში, მატერია-ენერგია

თუ ჩვენ არ შეგვიძლია ავხსნათ და გავიგოთ ყველა უხილავი განზომილება, როგორ შეუძლია ფიზიკას სინერგიის მოტანა

მაშინაც კი, თუ ჩვენ გადავლახავთ სინათლის სიჩქარის ზღურბლს გალაქტიკებისკენ გადასაადგილებლად, რათა ვიცოდეთ ყველაფერი

სანამ დავბრუნდებით, ჩვენი მზის სისტემა შეიძლება დაინგრეს ენერგიის ნაკლებობის გამო და დაეცემა.

იცხოვრო თუ არ იცხოვრო?

მეცნიერებმა და მკვლევარებმა მალე იწინასწარმეტყველეს ადამიანის უკვდავება

ხელოვნური ინტელექტით იქნება ტექნოლოგიური ბუმი

ადამიანის სხეულის ფიზიკური ტკივილისა და ტანჯვისთვის ადგილი არ იქნება

ცხოვრება სავსე იქნება სიამოვნებით და სიამოვნებით ყოველგვარი სამუშაოს გარეშე

არ არის საჭირო ინვესტიციები მომავლისთვის სპეკულაციური აქციების ბაზარზე

რობოტების მიერ მომზადებულ საკვებს განსხვავებული ზეციური გემო ექნება

ფიზიკური სხეული, სპორტი და გართობა საუკეთესო იქნება

ხალხი ვერ გაიგებს განსხვავებას სამუშაოსა და დასვენებას შორის

მეცნიერებს არ უწინასწარმეტყველებიათ, რა იქნება საპენსიო ასაკი

რა ბედი ეწევა იმ ადამიანებს, რომლებიც უკვე პენსიაზე არიან

არანაირი წინასწარმეტყველება ადამიანის ემოციებზე, როგორიცაა სიყვარული, სიძულვილი, ეჭვიანობა და ბრაზი

უფრო მეტი ჩხუბი და ფიზიკური ჩხუბი იქნება, რადგან სხეული უფრო ძლიერია?

იცხოვრო თუ არ იცხოვრო, უნდა დარჩეს ცალკეული ადამიანებისთვის, არ არსებობს კანონი, რომელიც შეაჩერებს სიკვდილს

მაგრამ უკვდავების შემდეგაც, დარწმუნებული ვარ, იქნება განშორება და ტირილი.

უფრო დიდი სურათი

რა არის ჩემი როლი ამ სამყაროში უფრო დიდ სურათში

რთული კითხვა ყოველგვარი დამაჯერებელი პასუხის გარეშე

ჩემი არსებობის მიზნის შესახებ პასუხის გაცემა უფრო რთულია

არანაირი კონკრეტული პასუხი მეცნიერებასა და ფილოსოფიაში, რომ დამარწმუნოს

წინ უნდა წავიდე და ბოლომდე მარტოს მოვძებნო

სიმართლის ძიებაში არავინ გამომყვება

ყველამ, მათ შორის ჩემა უკეთეს ნახევარსაც, სხვადასხვა გზა აირჩია

ჩემი გამოცდილება და რწმენა, ვერავინ შეცვლის, უნდა გადატვირთო

მაგრამ ბიოლოგიური ტვინის მეხსიერების წაშლა და მთლიანად ამოძირკვა რთულია

ის შეიძლება განმეორდეს ნებისმიერ დროს რაიმე კონკრეტული მიზეზისა და მიზეზის გარეშე

თუ ჩემი რწმენა, ცოდნა და სიბრძნე არ იპოვის ცხოვრების მიზეზს.

გააფართოვეთ თქვენი ჰორიზონტი

გააფართოვეთ თქვენი გონების ჰორიზონტი, რომ ნახოთ უსასრულო სამყარო და შესაძლებლობები

როგორც კი გამოხვალთ თქვენი შავი ყუთიდან და კომფორტის ზონიდან, შეძლებთ რეალობის დანახვას

ვერც ბინოკლები და ვერც ტელესკოპები ვერ დაგეხმარებიან უსასრულო სამყაროს შეგრძნებაში

ეს არის ადამიანთა წარმოსახვითი ძალა, რომელსაც შეუძლია ჰორიზონტის მიღმა ხედვის გაღვივება

თვალებს შეუძლიათ მხოლოდ საგნის დანახვა, მაგრამ ტვინს მხოლოდ მეცნიერული მიზეზით შეუძლია ანალიზი

თუ გონების თუთიყუშს ადრეულ ასაკში გალიიდან არ აძლევ უფლებას

ის გაიმეორებს მხოლოდ რამდენიმე სიტყვას გარემოს სცენაზე სხვების გასართობად

როდესაც გონებას გააფართოვებთ და ფერადი სათვალეების ამოღების მიღმა იყურებით, გაოცებული დარჩებით

თქვენი ხედვა, რომ შეხედოთ გალაქტიკებს, კომეტებს და ცხოვრების რეალობას, ნათელი იქნება, თქვენი ცხოვრება შეგიძლიათ შეაფასოთ

მას შემდეგ რაც გექნებათ ნამდვილი სიბრძნე, რომ გაიგოთ ბუნება, თქვენი ნაკვალევი, მომავალი გაირკვევა

გონების ჰორიზონტის გაფართოება მარტივია, რადგან შავი ყუთის გასაღები თქვენს ხელშია

უბრალოდ ამოიღეთ უძველესი სწავლებებისა და რელიგიური ცრურწმენების მტვერი ქვიშაზე დაყრილი გასაღებიდან

თუ გალილეოს შეუძლია მისი დიდი ხნის ასაკი, თქვენი ცხოვრება, თქვენ შეგიძლიათ მარტივად შეცვალოთ, ნუ შეგეშინდებათ შეურაცხყოფის

შენი ცხოვრება, შენი სიბრძნე, შენი გზა არავინ შეეცდება გახადოს ვარდისფრად ან შეეცდება გაიგოს

თქვენი დრო ამ პლანეტაზე შეზღუდულია, ასე რომ, უფრო ადრე მიხვდებით და იმოქმედეთ კარგია, საჭიროების შემთხვევაში მიეცით სიცოცხლე.

მე ვიცი.

ვიცი, არავის არ შეუძლია იტიროს, როცა მოვკვდები

ეს არ ნიშნავს; მე უნდა შევწყვიტო ადამიანების სიყვარული

მე არ დაბადებულა და არც მიცხოვრია, რომ ჩემი სიკვდილის შემდეგ ნიანგის ცრემლებზე ვიმუშაო

პირიქით, მე მიყვარს ხალხი და ვიცხოვრებ მათ გულებში

ჩემი კეთილშობილება და დახმარება, ვიღაცას ჩუმად გაიხსენებს

ასე რომ, ადამიანებისა და კაცობრიობისთვის სიკეთის კეთება ჩემი პრიორიტეტი და წინდახედულობაა

მე არ მჭირდება ეგოისტი ადამიანების ყალბი ქება საკუთარი ინტერესებისთვის

უკეთესია ქუჩის უდანაშაულო ძაღლებისა და ცხოველების დახმარება

კიდევ უფრო ნაკლები ნახშირბადის ანაბეჭდი და ხეების დარგვა უკეთეს გავლენას მოახდენს

ჩემი სიყვარული და ქველმოქმედება არ არის რაიმეს დაბრუნება ან რაღაცის მოლოდინი

ეს არის ძმობის გავრცელებისთვის და მშვიდობიანი გარემოს მოსატანად

სიძულვილისა და ძალადობის გამოდევნა სოციალური რგოლიდან

რა თქმა უნდა, ერთ დღეს, ყველას მოსიყვარულე და არავის სიძულვილი იქნება მეფე.

ნუ ეძებთ მიზანს და მიზეზს

ჩვენ მოვედით ამ სამყაროში ჩვენი სურვილის ან რაიმე თავისუფალი ნების გარეშე

მიუხედავად ამისა, ჩვენი დაბადება მრავალმხრივი იყო, ვიყოთ ვაჟი, ქალიშვილი, და ან მემკვიდრე

მშობლებო, საზოგადოება აფიქსირებს ჩვენს მიზანს, ვისწავლოთ ჩვენი წინაპრების მიერ აღმოჩენილი საგნები

ცოდნის, უნარებისა და სიბრძნის მიებაში ჩვენი ცხოვრება მრავალფუნქციური ხდება

ქორწინებისა და შვილების გაჩენის შემდეგ, ბირთვული ოჯახი ხდება ჩვენი სამყარო

ახალგაზრდობაში ჩვენ არ გვქონდა დრო, გვეფიქრა ცხოვრების რაიმე მიზანსა და აზრზე

მატერიალური ნივთების მისაღწევად, კარგად ჭამა და ძილი საუკეთესო მიზანია, რომელსაც ვიმსახურებთ

რაც დავბერდით, დავიწყეთ ფიქრი ჩვენი არსებობის მნიშვნელობაზე

ჩვენი ცხოვრების მიზნებისთვის და გამოვლინების მიზეზების გამო, ჩვენ არ გვესმის რეზონანსი

ადამიანების უმეტესობა ბედნიერად იღუპება მიზნისა და მიზეზის გარეშე

მიზნისა და მიზეზის რამდენიმე ძიებისას სიცოცხლე მირაჟად ან ციხედ იქცევა.

შეიყვარე ბუნება

რაც უფრო მეტად ვშორდებით ბუნებას

ჩვენს ცხოვრებაში ბევრი რეალობა და ძალიან ბევრი საგანმური გვაკლია

კონდიციონერებით ქალაქებში ცხოვრება მხოლოდ ჩვენი მომავალია

ჩვენ ვცდილობთ შევინარჩუნოთ ტყეები სხვა არსებების საცხოვრებლად

მაგრამ ანადგურებს ბუნებას და ეკოლოგიას ჩვენი სიამოვნებისთვის

ცივილიზაციის დასაწყისიდან ადამიანები კომფორტულად ცხოვრობდნენ ბუნებასთან

მაგრამ მაღალსართულიანი შენობების განვითარებამ, სმარტფონმა ის სრულიად შეცვალა

მეტი კალორია ვიღებდით სახლში ჯდომით, შემდეგ კი გიმნაზიას ვიხდიდით

სწრაფი და არაჯანსაღი საკვების ჭამა მილიონობით ადამიანი განიცდის კალციუმის დეფიციტს

რა სიამოვნებაა თანამედროვე ქალაქებში ასი წლის ცხოვრება პრემიის გადახდით

ჩვენ ძალიან ბევრს ვმუშაობთ, რომ სიბერეში გვქონდეს კომფორტი და უსაფრთხოება

მაგრამ დაივიწყეთ, რომ მოჩვენებითი მომავლისთვის ჩვენ ვაფუჭებთ ჩვენს აწმყოს გალიაში

უკეთესი იყო ჩვენი დიდი ბაბუის ცხოვრება, რომელსაც ახლა ველური გვგონია

თანამედროვე ტექნოლოგიებთან და ბუნებასთან ცხოვრების დასაბალანსებლად საჭიროა გამბედაობა

რამდენიმე ათწლეულის განმავლობაში კომაში ცხოვრება არ არის რეალური ცხოვრება, არამედ ცარიელი პასაჟი.

თავისუფლად დაბადებული

როცა დავიბადეთ, თავისუფლად დავიბადეთ მიზნის, მიზნების, მისიისა და ხედვის გარეშე

ჩვენი ყოველი მოძრაობისთვის მშობლებს, ოჯახს და საზოგადოებას განსხვავებული დაწესება აქვს

ჩვენი ცნობიერება წარმოიქმნება გარემოდან და გარემოდან, რომელშიც ვცხოვრობთ

ღირებულებათა სისტემა ასევე არ არის გენეტიკური კოდებით, არამედ ის, რასაც მშობლები, მასწავლებლები აძლევენ

ჩვენ თავისუფლად დავიბადეთ, მაგრამ არ ვართ თავისუფალი ავირჩიოთ ენა, სარწმუნოება, რელიგია, როგორც ჩვენ დავიბადეთ სკაში

ჩვენი გონება იზრდება შიშით, ეჭვებით და საერთო მიზნებისთვის შეზღუდული აზროვნებით

ძალიან ბევრმა დაყოფამ გავლენა მოახდინა ჩვენს აზროვნებაზე და ყოველი ნაბიჯი ჩვენ უნდა გადავდგათ უმრავლესობის მოწოდების მიხედვით

ჩვენ თავისუფლად დავიბადეთ, მაგრამ არ შეგვიძლია თავისუფლად გავიზარდოთ გადარჩენისთვის თანდაყოლილი ხარვეზების გამო

ჰომო საპიენსი გენეტიკურად არის შემუშავებული, რომ იყოს ნახირის მენტალიტეტი და გახდეს სოციალური

და ჩვენი ცხოვრება კასტის, აღმსარებლობის, ფერის, რელიგიის სახელით იძულებული გახდა გახდეს პოლიტიკური

როდესაც სრულწლოვანებამდე მოქალაქეები ვხდებით, შეგვიძლია გვქონდეს ჩვენი თავისუფალი ნება ბევრი თუ და მაგრამ

თუ ჩვენ არ დავიცავთ თამაშის წესებს, ჩვენს ეგრეთ წოდებულ თავისუფლებას ნებისმიერ დროს, საზოგადოება შეიძლება დაიხუროს

ჩვენ თავისუფლად დავიბადეთ, მაგრამ ჩვენი თავისუფლება არ არის თავისუფალი შეზღუდვების გარეშე, ყველა მიჰყვება აუცილებლობას

თუ რაიმე რადიკალურს გააკეთებ შენი საზოგადოების და ერის ნების საწინააღმდეგოდ, თავისუფლების ბუშტი გასკდება

გონების თავისუფლება ნაკლები და უსასრულო ზღვარია, თუ უშიშარი ხარ და გაქვს საკუთარი ნდობა.

ჩვენი სიცოცხლის ხანგრძლივობა ყოველთვის კარგია

ჩვენი სიცოცხლის ხანგრძლივობა ყოველთვის კარგია

იმ პირობით, რომ დროულად დავიწყებთ მუშაობას და ვისადილობთ

მეგობრებთან ერთად შაბათ-კვირას ვტკბებით და ვსვამთ ღვინოს

გამოვიყენოთ ჩვენი დრო, როგორც ჩემი ერთადერთი რესურსი

სიკვდილის წინ ჩვენ აუცილებლად გავბრწყინდებით;

ჩვენ არასოდეს ვაცნობიერებთ ფარდობითობას კოლეჯის დღეებში

არასდროს გვქონდა დრო, არასოდეს მოგვისმენია, რას ამბობენ ჩვენი მშობლები

ცაში მხოლოდ ცისარტყელა ვნახეთ, წვიმიან დღეებშიც კი

ერთხელაც სამოცდათხუთმეტის შემდეგ პენსიაზე გავდივართ და მარტო ვიწყებთ ცხოვრებას

ფარდობითობის თეორია ავტომატურად მოდის ჩვენს ჰორმონში;

ჩვენ ვიტყვით, რომ ცხოვრება არც თუ ისე მოკლეა და დრო ძალიან სწრაფია

სამუდამოდ მარტოხელა პლანეტის სამფლობელოში, ჩვენ არ გვინდა გაძლება

სპექტაკლში, რომელსაც სიცოცხლე ჰქვია, გულწრფელად მივცეთ ჩვენი როლი

ჩვენი ჯანმრთელობა, ორგანოები, მობილურობა და გონება დაიწყებს ჟანგვას

ერთ დღესაც სიამოვნებით დავისვენებთ სასაფლაოზე, მტვერს ვიკრებთ.

მე არ ვწუხვარ

ვიღაც მძულს, შეიძლება ჩემი ბრალია

ვიღაც გაბრაზებულია ჩემზე, შეიძლება ჩემი ბრალია

მაგრამ თუ ვინმე შურს და შურს ჩემზე

შეიძლება ჩემი ბრალი არ იყოს, მაგრამ კარგია

მიუხედავად ამისა, მე მიყვარს ყველა მოძულე და ვუღიმი მათ

მე არასდროს ვგრძნობ თავს მაღლა, მაგრამ არასრულფასოვნების განცდა მათი ბრალია

ისინი ცდილობდნენ უშედეგო ინტელექტუალურ თავდასხმას

ოღონდ შურისძიება და პატიება რომ არ ვიძიო, ყოველთვის გადავწყვეტ

მე არ შემიძლია შევაჩერო ჩემი წინსვლა და მოძრაობა სხვების მოსაწონად

ის სამუდამოდ მოკლავს ჩემს შემოქმედებას და წინსვლის სულს

ასე რომ, ჩემო ძვირფასო მეგობრებო, არ ვწუხვარ და არც შემიძლია უკან დახევა

მე ვაკეთებ იმას, რაც მიყვარს კაცობრიობისთვის და არა თქვენი ჯილდოსთვის.

ადრე დასაძინებლად და ადრე ადგომა

ადრე დაძინება და ადრე ადგომა ადამიანს ჯანსაღს, მდიდარს და ბრძენს ხდის

ეს პოპულარული გამონათქვამი შეიძლება იყოს ჭეშმარიტი ან მცდარი, არ არსებობს ზუსტი სამეცნიერო მონაცემები

მიუხედავად ამისა, ადრეული ხუთი წუთი ძალიან მნიშვნელოვანია იმ დღისთვის, როდესაც მაღვიძარა ამოდის

სანამ გაღვიძების 5 წუთით გადადებაზე ფიქრობთ, სამჯერ დაფიქრდით

ხუთი წუთი უეჭველად ორი-სამი საათი გახდება

იმისთვის, რომ დაგვიანებით დაიწყოთ დღის აქტივობები, თქვენ თვითონ იყვირებთ

დღევანდელი კარგი საქმე, რომელიც დღეს უნდა გაკეთდეს, ხვალისთვის უნდა გადაიდო

მეორე დღეს, იგივე ხუთი წუთი მოგიტანთ უფრო მეტ ზეწოლას და მწუხარებას

წუთები ნელ-ნელა გახდება დღეები, კვირები და თვეები ნელა გაივლის

სეზონები ჩვეულებისამებრ მოვა და წავა ისე, რომ ჩუმად არ გითხრათ

ახალ წელს მეგობრებთან და სხვებთან ერთად სიხარულით შეხვდებით

უმჯობესია დაიძინოთ ადრე და ადექით ადრე და მოერიდეთ განგაშის მოხდენილად შეწყვეტას.

ცხოვრება მარტივი გახდა

ცხოვრება ისეთი მარტივი გახდა, ჭამა, საუბარი ან სმარტფონზე სერფინგი

ყველაზე დატვირთულ სავაჭრო ცენტრებში ან ქუჩებში ან პოპულარულ სამზარეულოში, იგივე სცენა

ტექნოლოგიამ მთლიანად შეცვალა ჩვენი ცხოვრების წესი და გამოხატვის გზა

მაგრამ პარადიგმის ეთიკური ცვლილებისთვის ტექნოლოგიას გამოსავალი არ აქვს

ადამიანი ხდება ინდივიდუალისტური და ეგოცენტრირებული

ახალი ცივილიზაციის ყურში ჰომო საპიენსთან ერთად ყველა სახეობა შევიდა

ენერგიის მოთხოვნები გრავიტაციისა და სხვა ძალების წინააღმდეგ გადაადგილებისთვის იგივე დარჩა

შიმშილი და საბაზისო ინსტინქტების სურვილი, დღემდე ტექნოლოგიას არ ძალუძს მოათვინიეროს

სიცოცხლე და სიკვდილი, ბრძოლა გადარჩენისთვის და უკეთესი ცხოვრებისთვის, ისევ იგივე თამაში

ტექნოლოგია უწყვეტი პროცესია მარტივი ცხოვრებისთვის, არეულობისთვის, ჩვენ ვართ დამნაშავე.

ტალღის ფუნქციის ვიზუალიზაცია

კვანტური ან ელემენტარული ნაწილაკების სამყარო ისეთივე უცნაურია, როგორც კოსმოსი

მილიონობით სინათლის წლით შორეული ვარსკვლავის მსგავსად, ჩვენ ვერ ვხედავთ არცერთ კვანტურ ნაწილაკს თვალებით

მიუხედავად იმისა, რომ ელემენტარული ნაწილაკები გვხვდება ყველა მატერიაში, რომლის დანახვა, შეგრძნება და შეხება შეგვიძლია

ჩვენი ტვინის მექანიზმი შეზღუდულია და მხოლოდ არაპირდაპირი მეთოდით ხედავს ან გრძნობს

ფოტონის ან ელექტრონის ჩახლართულობის ცნება ასევე ჩანაწერში არაპირდაპირი დაკვირვებაა;

წყვილი ფეხსაცმლის ანალოგიის საშუალებით გვიხსნის ჩახლართულის ცნებას

მაგრამ თანდაყოლილი გაურკვევლობა, რომელიც დაკავშირებულია ჭიქასა და ტუჩს შორის, ყოველთვის რჩება ნაწილაკებთან

სამყაროში ნაწილაკები სხვადასხვა გზით ერწყმის ერთმანეთს ხილულ მასალებს

მშვენიერი პროტონის, ნეიტრონის, ელექტრონისა და ფოტონის დანახვა კისერიანი თვალით შეუძლებელია

მხოლოდ ექსპერიმენტებით არის შესაძლებელი ელემენტარული ნაწილაკების თვისებების ცოდნა;

მთვარის ან უახლოესი პლანეტების შესახებ ჩვენი ცოდნა ჯერ არ არის სრულყოფილი და სრულყოფილი

ელემენტარული ნაწილაკების, სამყაროსა და კოსმოსის შესახებ რომ იცოდე, ვერავინ დააფიქსირებს დროის ლიმიტს

ცივილიზაცია ვალდებულია ისწავლოს, წაშალოს და შეისწავლოს ახალი თეორიები და ჰიპოთეზა

მაგრამ ცნობიერების ცოდნა, გონება და სული ადამიანებისთვის არის, ჯერ კიდევ მოჩვენებითი და საფუძვლები

ერთ დღეს, რა თქმა უნდა, ჩვენ ვიპოვით ტალღის ფუნქციას ცნობიერების კოლაფსზე, ვერაფერი შეზღუდავს.

ვა მილიარდი

სიყვარული, სექსი, ღმერთი და ომი განსაზღვრავს ცივილიზაციის ეკოსისტემის ბედს

გარემო და ეკოლოგია მნიშვნელოვანია იმისთვის, რომ კლიმატი დინამიურ წონასწორობაში იყოს

ტექნოლოგია არის ორპირიანი ხმალი, რომელსაც შეუძლია ააშენოს ან გაანადგუროს ჩვენი სიბრძნის მიხედვით

ტექნოლოგიურ განვითარებას სიყვარული, სექსი, ღმერთი და ომი ვერავითარ დაბრკოლებას ვერ უქმნის

სიყვარულისა და სექსის გარეშე ევოლუციის პროცესი პროგრესირების გარეშე შეჩერდებოდა

რამაიანა, მაჰაბჰარატა, ჯვაროსნული ლაშქრობა, მსოფლიო ომები ამბობდნენ, რომ ქირურგიული გამოსავალი იყო

მაგრამ დღეს ტექნოლოგია კაცობრიობას ახალ გზებს, სიბრძნესა და ახალ მიმართულებას აძლევს

ამავდროულად ტექნოლოგია უბიძგებს გარემოს და ეკოლოგიას განადგურებისკენ

ღმერთმა ვერ გააერთიანა კაცობრიობა კასტაზე, სარწმუნოებაზე, ფერზე, საზღვრებზე და რელიგიაზე მაღლა

მხოლოდ სიყვარული და სექსი აერთიანებს ადამიანებს, როგორც ადამიანებს და დაგვეხმარა რვა მილიარდი გავხადოთ.

მე

ჩემი არსებობა არამატერიალურია სამყაროსთვის, მზის სისტემისთვის და ჩვენი გალაქტიკისთვის

იმიტომ, რომ მე შემიძლია წვლილი შევიტანო მხოლოდ უწესრიგობისა და სისტემის ენტროპიის გაზრდაში

არ არსებობს არანაირი გზა ან შესაძლებლობა, რომ შევცვალო ჩემი წვლილი აშლილობაში

ჩვენ შეგვიძლია განვიხილოთ ენერგიისა და მატერიის გონივრული გამოყენება ჩვენი სიცოცხლის განმავლობაში

არ არსებობს ტექნოლოგია თერმოდინამიკის კანონებისგან თავის დასაღწევად ენტროპიის შესამცირებლად

ერთადერთი, რისი გაკეთებაც შემიძლია არის, შევამცირო დაბინძურება და ჩემი ნახშირბადის კვალი ამ პლანეტაზე

მე ასევე შემიძლია გავავრცელო ღიმილი, სიყვარული და ძმობა ჩემს თანამემამულე ჰომო საპიენსში

ადამიანები შეგნებულად ანადგურებენ მშვენიერი პლანეტის ფლორასა და ფაუნას

ჩვენ ვგრძნობთ, რომ მოვედით ამ პლანეტაზე ბუნებრივი რესურსების მოხმარებისა და განადგურების მიზნით

მაგრამ ამან შეუქცევადად შეცვალა გლობალური კლიმატი და მისი მომავალი კურსი

ტექნოლოგიას შეუძლია მოგვცეს ენერგიის განსხვავებული, ეფექტური და ხელახლა გამოყენებადი წყარო

თუმცა, ენტროპიის მატება ერთ დღეს გამანადგურებელი ძალებით იფეთქებს.

კომფორტი დამათრობელია

კომფორტი დამათრობელია და მიჩვევას იწვევს

საკვებისა და თავშესაფრის სურვილი მაცდურია

მაგრამ კომფორტის ზონაში ჩვენ ნაკლებად პროდუქტიულები ვართ

მეცნიერები ვერასოდეს გამოიგონებენ ახალ ნივთებს კომფორტის ზონაში მცხოვრები

გამოგონებისთვის ისინი მარტო უნდა წავიდნენ ღრმა ზღვაში ნაოსნობით

ხალხის სურვილები საკვების, თავშესაფრისა და ტანსაცმლის მიმართ იწარჩუნებს მათ ნაპირზე

ინტელიგენტი მალე მიხვდა, რომ მიგრაცია და იმპულსი არის მთავარი

გაბედული კომფორტიდან გამოვიდა და ცურვაზე გადახტა ზღვის ღრიალის იგნორირებაზე

ახალი ნივთების შესწავლისა და გამოგონების ბირთვის ექსპერიმენტის სურვილი

მიგრაციის გამო ცივილიზაცია წინ წავიდა და წინ წავიდა

მსოფლიოში არ არსებობს უსაფრთხო თავშესაფარი გაურკვევლობით

კომფორტის ზონის სურვილი ასევე შემოსაზღვრულია კვანტური ალბათობით.

თავისუფალი ნება და მიზანი

არის თუ არა ცხოვრების მიზანი, იცხოვრო, იცხოვრო და გამრავლდეს

ან სიცოცხლის მიზანი დნმ-ის კოდის ერთობლივად დაცვაა

ჩვენ გვაქვს შესაძლებლობა არ გავამრავლოთ დარჩენილი მარტოხელა

გენეტიკური კოდის დასაცავად უნდა არსებობდეს სამკუთხედი

მამის, დედისა და შვილების გარეშე კოდი იკეცება

თავისუფალს ყოველთვის ექნება როლი გადაწყვეტილებებში

მაგრამ თავისუფალი ნება დაკავშირებულია გაურკვევლობასთან და ცვლადებთან

მომავლის სფეროში თავისუფალი ნების დანიშნულება ინგრევა

მიჰყევით თქვენს ინტუიციას და უბრალოდ შეასრულეთ თქვენი ნება მარტივი წესია

მაშინაც კი, თუ თქვენი თავისუფალი ნება და მიზანი არასოდეს აერთიანებს, იყავით თავმდაბალი.

ორი ტიპი

ამ სამყაროში მხოლოდ ორი ტიპის ადამიანია, ვისთანაც ადრე ვმუშაობდით

პესიმისტი, გადაადგილების ინიციატივის გარეშე და ოპტიმისტი, მუდამ მოძრაობაში

უბრალოდ გააკეთეთ ეს, ზედმეტი ფიქრის გარეშე და ნება მიეცით გადადოთ ხვალისთვის

ერთი ტიპი დადებითი დამოკიდებულებით, მეორე ტიპი კი უარყოფითი დამოკიდებულებით

თუ შედეგებზე ძალიან ბევრს ვფიქრობთ და გავაანალიზებთ, დაწყება შეუძლებელია

დღის ბოლოს და ბოლოს სიცოცხლის ბოლოს ცარიელი იქნება ჩვენი კალათა

ამოიღეთ სამაგრი და დაიწყეთ ცურვა მომავალ შტორმებზე ფიქრის გარეშე

თუ უსასრულოდ ელოდები მოწმენდილ ცას, ვერასოდეს მიაღწევ ვარსკვლავობას

აღიარეთ რეალობა, რომ სიცოცხლე მხოლოდ კვანტური ალბათობაა შემთხვევით.

დავაფასოთ მეცნიერები

დავაფასოთ ყველა მეცნიერი, ვინც ავითარებს კვანტურ სამყაროს

ჩვენ ვერც ვხედავთ და ვერც ვგრძნობთ კვანტურ ნაწილაკებს ჩვენი სენსორული ორგანოებით

მაგრამ ჩვენს ტვინს აქვს გაგებისა და ვიზუალიზაციის უნარი

მეცნიერებამ გრძელი გზა გაიარა ბუნების გასახსნელად და გასაგებად

თუმცა ჩვენ არ ვიცით სად ვდგავართ, ბოლო წერტილი ძალიან შორსაა თუ ძალიან ახლოს;

მეცნიერებმა მრავალი უძილო ღამე გაატარეს და ჰიპოთეზა ჩამოაყალიბეს

მოგვიანებით, ბევრი მათგანი უძლებს მკაცრ ტესტებს და ხდება თეორია

შრედინგერის კატა ახლა კვანტური ნახტომით გამოვიდა და ბუნებაში გადადის

კვანტური კომპიუტერებით მეცნიერები მომავალში ახალ შესაძლებლობებს შეისწავლიან

რეალობა ჯერ კიდევ მოჩვენებითია ადამიანის ტვინის, გონებისთვის, ცნობიერებისთვის, თუმცა ჩვენ შევედით ახალ კულტურაში.

სიცოცხლე წყლისა და ჟანგბადის მიღმა

კოსმოსი უსაზღვროა საზღვრებს მიღმა და ჯერ კიდევ ფართოვდება

მაგრამ ზოგჯერ ჩვენი აზროვნების პროცესი კოსმოსზე, ჩვენ თვითონ ვზღუდავთ

სიცოცხლე შესაძლებელია ნახშირბადის, ჟანგბადის და წყალბადის მიღმა უსასრულობაში

შეიძლება არსებობდეს სიცოცხლე ცნობიერებით, რომელსაც შეუძლია ენერგიის მიღება პირდაპირ ვარსკვლავებისგან

სიცოცხლისთვის საჭიროა ჟანგბადი და წყალი, სხვა გალაქტიკებში შეიძლება რეალობა არ იყოს

ჩვენს პლანეტაზე დედამიწაზე არსებული სიცოცხლის ფორმა შეიძლება იყოს მარტოხელა

თუმცა, იგივე ტიპის სიცოცხლეს მილიარდობით სინათლის წელი აქვს ასევე კარგი ალბათობა

როგორც ბუნებას მოსწონს მრავალფეროვნება, ასევე შესაძლებელია სხვაგან ცხოვრების განსხვავებული ფორმა

მაგრამ ჩვენს ფიზიკასა და ბიოლოგიასთან, ამ ტიპის სიცოცხლე შეიძლება არ იყოს თავსებადი

სხვა სამყაროში ცოცხალი არსებების მიერ ენერგიის პირდაპირი შთანთქმა გონივრულია

ჩვენ ჯერ კიდევ ბნელში ვართ ბნელ ენერგიასთან დაკავშირებით და შეზღუდული ვართ სინათლის საზღვრებში

მიუხედავად ამისა, შორეულ გალაქტიკებში სხვადასხვა ტიპის სიცოცხლის ფორმებისთვის, ბნელი ენერგია შეიძლება იყოს ნათელი

მას შემდეგ რაც გადავკვეთთ სინათლის სიჩქარის ბარიერს, რომ ვიმოგზაუროთ იმ სიჩქარით, როგორც ჩვენ გვსურს

სხვა გალაქტიკებში ეგზოპლანეტების ძებნა მარტივი და სამართლიანი იქნება

მანამდე მეცნიერება არ უნდა იყოს განსჯი და ჩამოწეროს სხვა ფენები.

წყალი და მიწა

ჩვენი პლანეტის სამი მეოთხედი წყლის ქვეშაა

მხოლოდ ერთ მეოთხედზე ვცხოვრობთ ჰომო საპიენსები

ოკეანეების ქვეშ სამყარო ჯერ კიდევ შეუსწავლელია

ადამიანები ექსპლუატაციას ახდენენ ნიადაგის რესურსების მიღმა

მადლობა ღმერთს, ჯერ კიდევ ძნელია ღრმა ზღვის გამოკვლევა

უფრო მარტივი და კომფორტული გარე სივრცის შესწავლა

ამიტომაც მთვარეზეც კი კოლონიების ასაშენებლად არის რბოლა

მიუხედავად იმისა, რომ საჰარის უდაბნო ჯერ კიდევ იდუმალია დღევანდელი ცივილიზაციისთვის

ჩვენ უფრო გვაწუხებს მთვარეზე მიწის დაჭერა და მშენებლობა

მსოფლიოს მოსახლეობის უმრავლესობა ჯერ კიდევ საბინაო გადაწყვეტის გარეშეა

აუცილებელია გარე კოსმოსისა და ახლომდებარე ატომების შესწავლა

მაგრამ სავალდებულოა გადარჩენის შესაძლებლობების მიცემა ყველა ადამიანს

ცივილიზაციამ მოგზაურობა სიყვარულით დაიწყო თავისი წინსვლისა და კეთილდღეობისთვის

თუმცა, ჰომო საპიენსსა და სხვებს შორის ბალანსმა დაკარგა მთლიანობა

ადამიანის რასის გადარჩენისთვის, ჩვენ უნდა დავაბალანსოთ გარემო და ეკოლოგია გულწრფელობით.

ფიზიკას აქვს ჰარმონია

სოფლის მეურნეობის აღმოჩენიდან რამდენიმე ათასი წელი გავიდა

ფერმერები კვლავ ამუშავებენ მიწას და ამუშავებენ ბალახს და ხორბალს

მოხუცი მეთევზე თევზის დასაჭერად ზღვაზე მიდის და ბაზარში ყიდის

კოვბოი და კოვბოი ბაბუისგან ნასწავლ ძველ მელოდიას მღერიან

არ აწუხებს ხელოვნური ინტელექტი ან უცხოპლანეტელი, რომლის შესახებაც სმენიათ

მათთვის მნიშვნელოვანი არ არის კვანტური ჩახლართულობა ან ეგზოპლანეტა შორეულ ცაში

პირიქით, გვალვა და არასტაბილური კლიმატი არის მათი მოსავლიანობის შეშფოთება

ქიმიური სასუქის შეუფერხებელი გამოყენება ამცირებს ნიადაგის პროდუქტიულობას

მილიარდობით ადამიანია, რომლებიც ჯერ კიდევ წვიმის წყალზეა დამოკიდებული

ცუდმა ნალექმა შეიძლება აიძულოს მათი შვილები სიღარიბისა და შიმშილისკენ

მიუხედავად ამისა, მეცნიერება უფრო და უფრო ღრმავდება ატომებისა და გალაქტიკების შესასწავლად

მეცნიერება მიჰყვება და იკვლევს ბუნებას და არა ბუნება იკვლევს მეცნიერებას

სამყარო არ გაჩნდა ფიზიკის კანონების დაწერის შემდეგ

მათემატიკის ცოდნა საბაზისო იყო და ჩვენ ვიცოდით პლანეტარული დინამიკა

ბუნების შესწავლისას ფიზიკის საშუალებით არსებობს ჰარმონიის ყველა შესაძლებლობა.

მეცნიერება ბუნების სფეროში

ჩვენ გვაქვს ბევრი მათემატიკური განტოლება ფიზიკაში ბუნების ასახსნელად

ჯერ კიდევ არ არის განტოლება, რომ ზუსტად გამოვთვალოთ სიკვდილის თარიღი მომავალში

ზოგი ახალგაზრდა ჯანმრთელად კვდება, ვიღაც კი ბებერი უბედურად

არ არის განტოლებები, რატომ არის ძალისხმევა თავისუფალი ნებისყოფით და თავდადებული შრომით შედეგის მისაღებად

ასევე ხელმისაწვდომია მიწისძვრის ზუსტი პროგნოზირების განტოლებები

ბუნებრივი კატასტროფების და პანდემიის პროგნოზირება ასევე სავარაუდოა

მაგრამ ჩვენ გვჭირდება მარტივი განტოლება ქორწინების თავსებადობისა და მდგრადობისთვის

სამეცნიერო პროგნოზები უნდა იყოს ასი პროცენტით ზუსტი შეცდომის გარეშე

წინააღმდეგ შემთხვევაში სუსტ ადამიანებს შორის ასტროლოგები ყოველთვის შექმნიან საშინელებას

მეცნიერება არ არის შავი ყუთი, როგორც ათასობით წლის წინ დაწერილი რელიგიური ტექსტი

ბევრი მეცნიერის მიერ შავი ყუთის სინდრომმა უნდა დაკარგოს ეგო

ყოველი შესაძლებლობა და ალბათობა უნდა გამოვიკვლიოთ ჭეშმარიტების ძიებაა

ზოგიერთი რწმენისა და ფასეულობის, როგორც ცრურწმენის, მტკიცების გარეშე თქმა უხეშობაა

მეცნიერება ბუნებისა და ღმერთის სამფლობელოში ყოველთვის უკეთესი ხვალინდელი და კარგია.

განვითარებადი ჰიპოთეზა და კანონები

ფიზიკის ჰიპოთეზა და კანონები, მეტაფიზიკა დროთა განმავლობაში ვითარდება

Big-Bang-მდე შესაძლოა არსებობდეს სხვადასხვა კანონები, რომლებიც მართავდნენ სამყაროს

მაგრამ ჩვენთვის ფიზიკისა და ბუნების კანონები მხოლოდ დროის სფეროში მოვიდა

დრო შეიძლება იყოს ილუზია ან გადაადგილება წარსულიდან აწმყოში მომავლისკენ, რაც მნიშვნელოვანია დამკვირვებლისთვის

დროის დომენის გარეშე, ჩვენ არ გვაქვს არანაირი მნიშვნელობა კანონებისა და მიზნებისთვის

ტექნოლოგია მიჰყვება ფიზიკას ევოლუციით ჰომო საპიენსისთვის ცხოვრების უკეთესი ხარისხისთვის

მაგრამ პლანეტა დედამიწის სხვა ცოცხალი არსებებისთვის ფიზიკა და ტექნოლოგია უცხოპლანეტელია

სამი მეოთხეც კი, რომელიც ცხოვრობს ოკეანეების ან ზღვების ქვეშ, არ იცის ფიზიკა

თუმცა ისინი კომფორტულად და ბედნიერად ცხოვრობენ ყოველგვარი მათემატიკის ცოდნის გარეშე

მათი მოგზაურობა და ცხოვრებაც მხოლოდ დროის სფეროშია მზრუნველი სტატისტიკის გარეშე

ჩვენ, გონიერმა არსებებმა ავიღეთ კონტროლი ბუნებაში არსებულ ყველაფერზე

მაგრამ განვითარებისა და პროგრესის პროცესში, ბუნებისთვის, ჩვენ არ ვზრუნავდით

კოსმოლოგიისა და ელემენტარული ნაწილაკების ცოდნა საკმარისი არ არის ყველას წილში

ეკოლოგიური ბალანსისა და ხელსაყრელი გარემოს გარეშე, ერთ დღეს ადამიანის სიცოცხლე იშვიათი იქნება

დაე, მეცნიერებმა დააბალანსონ ევოლუციის პროცესი გამოგონებასთან, ყველასთვის, რაც სამართლიანია.

ავტორის შესახებ

დევაჯიტ ბუიანი

დევაჯიტ ბჰუიანი, პროფესიით ელექტრო ინჟინერი და გულიდან პოეტი. ფლობს პოეზიას ინგლისურ და მშობლიურ ასამურ ენაზე. ის არის ინჟინრების ინსტიტუტის (ინდოეთი), ინდოეთის ადმინისტრაციული პერსონალის კოლეჯის (ASCI) თანამშრომელი და "Asam Sahitya Sabha"-ს, ასამის უმაღლესი ლიტერატურული ორგანიზაციის, ჩაის, მარტორქისა და ბიჰუს ქვეყნის უვადო წევრი. ბოლო 25 წლის განმავლობაში ის იყო ავტორი 110-ზე მეტი წიგნის გამოქვეყნებული სხვადასხვა გამომცემლების მიერ 40-ზე მეტ ენაზე. მისი გამოქვეყნებული წიგნებიდან დაახლოებით 40 არის ასამური პოეზიის წიგნი და 30 წიგნი ინგლისური პოეზიაა. დევაჯიტ ბჰუიანის პოეზია მოიცავს ყველაფერს, რაც ჩვენს პლანეტაზე დედამიწაზეა შესაძლებელი და მზის ქვეშ ჩანს. მან შეადგინა პოეზია ადამიანიდან ცხოველებამდე, ვარსკვლავებამდე, გალაქტიკებამდე, ოკეანემდე, ტყეში, კაცობრიობამდე, ომამდე, ტექნოლოგიამდე, მანქანებამდე და ყველა ხელმისაწვდომ მატერიალურ და აბსტრაქტულ ნივთებზე. მის შესახებ მეტი ინფორმაციისთვის ეწვიეთ www.devajitbhuyan.com ან ნახეთ მისი YouTube არხი *@careergurudevajitbhuyan1986* .

www.ingramcontent.com/pod-product-compliance
Lightning Source LLC
LaVergne TN
LVHW091630070526
838199LV00044B/1005
* 9 7 8 9 3 6 0 1 6 0 0 9 8 *